# ご利益(りやく)ごはん

椰月美智子

角川文庫
24529

# 目次

# 三嶋大社とうなぎ

「全員皆殺しっ」

布団をがばりと剝いで、物騒な言葉を吐きながら起き上がる。これが最近の早智子の日課となっていた。隣のベッドにいる夫は、すうすうと寝息を立てて眠っている。早智子は鼻息荒くリビングに行き、カーテンを開けた。勢いが良すぎてカーテンフックが一つ外れた。チッ。盛大な舌打ちが出た。

すでに外は明るい。曇天の空を見て、救われたような気分になる。晴れていたら、もっと気分が落ち込んでいただろう。

時計に目をやりながら、高校生の長女、茉奈のお弁当を急ピッチで作る。タイマーセットしたご飯を弁当箱に入れて冷ましながら、卵焼きを作り、豚肉に焼肉のタレをつけて焼き、ブロッコリーをレンジで加熱して、ミニトマトを洗って詰める。お弁当の用意ができたところで、朝食のみそ汁とハムエッグにとりかかる。

寝室に戻って夫の肩を叩き、「時間」とだけ告げて、カーテンと窓を開ける。朝の風はまだつめたい。今日は陽が出ていないのでなおさらだ。この後の夫の起床については、風に任せることにする。

早智子は、ここでようやく顔を洗う。洗面所の鏡に映る顔には、ほうれい線が深く刻まれ、頬のたるみにプラスして、まぶたのむくみも全開だ。気休めに顔を一周マッサージし、鏡をなるべく見ないようにして、手早くメイクをする。ブラシをかけて髪を整え、着替えをしてから台所へ戻る。

夫がダイニングテーブルについて、朝食をとっていた。風よ、ありがとう、と心のなかで礼を言う。自分で茶碗(ちゃわん)やら皿やらによそったようだ。当たり前だ。どんどん自分でやれ。

茉奈が、二階からドタドタと降りてくる。

「ふぁー、おはよ」

「おはよう。できてるから食べて」

うん、と茉奈はうなずいて、自分の分をよそって食べはじめる。

「パパ、食器洗ってってよ」

流しに下げただけで、そのまま行こうとする夫に声をかける。

「あ、ああ」

呆(ほう)けた声を出して、夫が皿を洗う。いちいち言われなくても必ずやれ、と言いたいところだが、もう何度も伝えてきたことだ。わかったわね、と目に言葉を託して一瞥(いちべつ)し、二階へあがる。

「佑人！　起きて、時間」

佑人の部屋に入り、声を張ってカーテンを開ける。

「ほら、時間よ」

　ふぁああ、と寝返りを打つ。

「遅刻するわよ、部活でしょ」

「……うるせえなあ」

「うるさいなら、自分で起きなさい」

佑人の部屋を出て、隣の明人の部屋をノックする。

「おはよう、明人。起きてる？」

「んああ」

　なかからゴソゴソと音がする。着替えているのだろう。

「時間だからね」

　と声をかけると、あー、と返ってくる。明人はちゃんと起きていたようだ。階段を降りようとしたところ、やはり気になって佑人の部屋に戻る。巨大なイモムシのようなかけ布団は、動いた気配がまったくない。

「早く起きなさい」

　寝入っているのか、なんの反応もない。

「ほら、早く！」

　と、布団をはがす。

「うぜえ、クソババア……」

　出た、うぜえ&クソババア。早智子は目を閉じて息を吐き出し、なんとかその場をやり過ごした。

　佑人と明人の朝食をテーブルに用意して、夫を送り出す。続いて、洗面所でさんざんドライヤーをかけていた茉奈にお弁当を渡して見送る。

　明人はものの五分で食べ終わり、身支度にとりかかっている。佑人はまだ起きてこない。そうこうしているうちに、明人が登校した。残るは、佑人一人。

　早智子は階段の先をにらみ、意を決して上りはじめた。

「佑人っ！」

　案の定、佑人はまだ寝ていた。

「何時だと思ってるの！　今日は朝練に行かないのね」

　佑人はサッカー部だ。明人は野球部。双子なのに、どうして一緒じゃないのか。予定がまちまちだから、把握するだけでひと苦労だ。

「……うるさい」

「早くしなさい！　遅刻するわよ」

「……ったく、うるせえんだよ」

　そう言いながら、ようやくのろのろと上体を起こす。血管がブチ切れそうだ。早智子は、耳から鼻から、湯気を出しながら階段を下りる。朝から何往復させるのだ。

　佑人がようやく食卓に着き、テレビとスマホを交互に見ながら箸（はし）を動かしている。早智子も自分の分の朝食をテーブルに運び、もくもくと食べはじめた。そのうちに佑人が食べ終わった。

「食器、下げて」

　手ぶらで席を立とうとする佑人に、声をかける。

「自分が食べたものくらい下げなさい」

「……毒親」

　佑人の小さなつぶやきは、大地を揺るがすような大音量で、早智子の耳と心に届いた。早智子はきつくこぶしをにぎって、じっと耐えた。佑人が身支度を整えて無言で家を出て行くまで、早智子はテーブルに突っ伏したまま、微動だにせずに堪えていた。

　佑人が家を出て、玄関ドアが閉まる音を聞いてから、早智子はようやく顔を上げた。大きく深呼吸をして、首を回す。ごりごりと不気味な音がする。ふいに視界がにじむ。

　もういやだ。

　こんなに一生懸命やっているのに、どうして子どもに「毒親」などと言われなきゃいけないのか。誰よりも早く起きて、誰よりも遅く寝て、その間休む暇なく家族のために動いている。

早智子はひとしきり悲しみの世界に浸かり、ハッとして時計に目をやった。泣いている場合ではない。

大急ぎで残りのご飯を口に入れ、そこらへんを片付けて、洗濯機を回す。去年最新型のドラム式洗濯機を購入したので、ボタンひとつで乾燥まで完璧だ。干す手間がはぶけて、おおいに助かっている。

洗面所で歯磨きをしようと鏡を見たところで、天を仰ぐ。涙のせいで、メイクが崩れまくっているではないか。無理やりファンデーションをはたいたが、粉が浮いてかえって小じわが目立つ。

「クソッ」

叫んだ拍子に鏡につばが飛んだ。ティッシュで乱暴に拭き取ってから、家中のゴミをまとめる。今日は燃えるゴミの日だ。パンパンになった45リットルの指定ゴミ袋を手に、早智子は家を出てゴミを捨てたあと、自転車を立ちこぎして仕事場へ急いだ。

自分がさっき泣いていたなんて信じられないし、今日一日がこれからはじまるなんて、悪い冗談にしか思えなかった。

葉桜の黄緑がそよぐ、気持ちのいい境内。五ノ丸神社は、地元の人に愛される小さな神社で、早智子の職場でもある。

「値段書いてないけど、いくら？」

目の前にいる、三十代とおぼしき男性が早智子にたずねた。

「お気持ちでお願いさせていただいております」

「あ、そう」

男はどこか人を食ったような顔で財布をあさり、木製トレイに硬貨一枚を置いた。

早智子は思わず二度見した。近頃老眼がはじまったようで、目元がかすむときがある。トレイの上にあるのは、どう見ても五十円玉ひとつである。何度確認しても、トレイの上に置かれた硬貨は、五十円玉にしか見えない。

「悪いね、百円玉がなくてさ。五百円玉ならあるんだけど」

百円玉がない？　五百円玉ならある？　早智子の頭は混乱する。この人は御朱印代として、百円を払うつもりだったのだろうか。五百円という選択肢はなかったということか。

五ノ丸神社で働きはじめて三年。御朱印代五十円というのは、はじめての金額だった。

「ありがとね」

男は自分の御朱印帳をさっと取って、軽い足取りで帰っていった。

いい。べつにいいのだ、五十円でも。お気持ちで、と伝えたのはこっちなんだから。五十円でも決して間違いではない。

けれど！

心を込めて書いた御朱印が五十円とは……！　御朱印代にも相場というものがある。三百円もしくは五百円のところが多い。ぴったりの硬貨がなかったら、金額を言ってもらえれば、もちろんお釣りをお渡しする。

五十円⁉　あんまりじゃないだろうか。

「クソがっ」

神社の境内で、もっとも似つかわしくない言葉を放つ。

「どうしたの。ご立腹じゃないの」

いつの間にか、禰宜(ねぎ)の立花(たちばな)さんが横に立っていた。

「やだ、聞こえました？」

「バッチリ」

指でグーマークを作って、ウインクをよこす。立花さんとは年が近いので、気がねなく話せる。

「御朱印代、五十円だってさ」

トレイの上の五十円玉を見せる。立花さんはあごを引いて、んぐっ、となにかを間違えて呑み込んだような音を出してから、

「マジでぇ!?」

と、大きな声を出した。

「マジです。前代未聞です」

「やっぱり、御朱印の値段を決めたほうがいいかなあ」

そのほうが絶対いいと、早智子はうなずいた。

「五百円じゃ高いか。三百円？」

「は？　五百円、高くないですけど」

「だよねえ、ははは」

立花さんは軽く笑いながら、去って行った。

「ったく、なにを呑気に笑ってるのよ」

五ノ丸神社の経営が厳しいことは、ここで働く全員が知っている。有名な神社はさておき、五ノ丸神社のような小さな規模の神社経営は苦しい。主な収入は、ご祈禱、お賽銭、御朱印、授与品、寄付など。神さまにお仕えしているとはいえ、お金事情はシビアだ。

去年は他の神社と話し合って、神社めぐりを企画した。五カ所の神社をめぐって、

それぞれで特別御朱印をもらい、五枚集まったら御朱印帳袋をプレゼントするというものだ。企画は好評で、多くの参拝者が訪れた。今年もイベントの企画があるので、また多くの参拝者の来訪を願うばかりである。

昨今のスピリチュアルブームで、神社仏閣などのパワースポットめぐりも流行って はいるが、テレビで紹介されたり、雑誌や本に掲載されたところばかりが注目を集め、なかなかこれといった「売り」がない五ノ丸神社は、残念ながら恩恵にあずかっていない。

参拝客は多くはないが、御朱印人気は健在で、五ノ丸神社にとっては大事な収入源だ。早智子は、週四回ほどシフトに入っている。平日の御朱印書きは一人でこなし、土曜休日は二人体制となる。

参拝客が多くて列ができているときでも、早智子は決しておざなりに御朱印を書くことはない。一枚一枚誠心誠意、気持ちを込めて書いている。それは同僚たちも同じだ。日にちだけを直書して、印を押すのみのところもあるが、五ノ丸神社の場合、

奉拝

五ノ丸神社

令和〇年〇月〇日

と、すべてを書き、印を四種類も押す。簡単そうに見えるかもしれないが、けっこ

うな作業量である。

御朱印書きの職員は全員、書道師範の免許を持っているので、達者な字を書くことはもちろんだが、書く人それぞれに味があって、同じ字を書いているのにまったく違う印象を受ける。

早智子は、子どもの頃から書道を習い、親しみ、歳を重ねてからもずっと続けてきた。書道用品店に通い、自分に合った筆を吟味して購入し、手入れを怠らず、美しい墨とのハーモニーをたのしみ、日々研鑽を積んでいる。昨今は紙代も高騰していて、懐具合が厳しいのが難である。

それなのに、五十円⁉　まるで、自分の価値を五十円と言われた気分だ。神社の経営にも関わる金額じゃないか。

クソがっ。ムカつく。朝から感情の振り幅が大きすぎて、自分自身ついていけない。どうして、こんなにイライラするのか。

わたしはこんな人間じゃなかったはずだ。クソッ、という言葉がするりと出てくるようになったのは、一体いつからだろうかと早智子は考える。今日も朝から「クソッ」のオンパレードだった。

わたしが悪いのだろうか。いや、でも、自分が食べた食器を下げたり洗ったりするのは当然だし、起こしてあげているのに逆ギレされる意味もわからない。まさか我が子に、毒親などという暴言を吐かれる日が来るとは！　朝は感情の始末ができずに泣いてしまったが、今思い出すと、ただただ腹立たしい。

　そして、トレイに載っている五十円玉！　ありえない！

「クソがっ！」

　近くに誰もいないことを確認して、今度は確信的に叫んだ。


　くたくたになって帰宅し、帰りがけにスーパーで買ったものを冷蔵庫にしまう。

　今日は、五十円玉男のあと、団体客が押し寄せたのだった。地元の工務店さんがご祈禱に訪れ、そのことは事前に知っていたのでおふだへの記入は承知していたが、御朱印はなし、もしくは書き置きで、ということだったので余裕で構えていた。が、

「数人だから、書いてあげてくれる？」

　と、立花さんに手を合わせられ、急きょ御朱印帳にも記入することになった。社長の奥さんが御朱印を集めているそうで云々……という忖度らしかった。

　本殿でご祈禱を受けている間に、早智子は一生懸命に筆を動かしたが、十六冊分（数人ではなかった）の御朱印帳に書くのは、かなりきつかった。その合間にも参拝客が訪れて御朱印を頼まれ、少しの余裕もなかったが、あせりは如実に書に出てしまう。早智子は冷静さを心がけ、なんとか書き切り、腱鞘炎になりそうだと右手首を回

しつつも、丁寧に力強く印を押した。

「どうもありがとう。お疲れさまでした」

工務店の社長が十六冊分の御朱印代として、二万円を置いていってくれた。報われた、と思った。五十円玉男への怒りもペイできた。

「はあー、疲れた」

ソファに身体を横たえる。手足を伸ばすと、身体中に血液が流れるのが感じられた。子どもたちがそろそろ帰ってくるだろう。それまでの、ほんの少しのリラックス時間。

トゥルルルル　トゥルルルルル
家の電話の音に、思わずビクッとする。昨今はスマホでの連絡が主なので、家電（いえでん）が鳴るとつい身構えてしまう。時刻は十六時二十分。明人と佑人が通っている中学校からの可能性が高い。部活動中にケガでもしたのだろうか。どうか、何事もありませんように、と祈るような気持ちで受話器を取る。

「はい、前田（まえだ）です」

声が裏返る。

「もしもし、わたし」

ほんの一瞬、声の記憶をたどり、ふうっ、と脱力する。電話の主は姉の奈緒子（なおこ）だった。学校関連ではなく、ほっと胸をなでおろす。

「お姉ちゃん、ひさしぶりだね」

早智子より四歳年上の奈緒子は、もうすぐ五十三歳だ。

「茉奈も明人も佑人も、晴彦さんも、みんな元気？」

うん、元気だよ、と答え、

「さくらと美玖も元気？」

と、早智子も返す。姪のさくらは二十八歳、美玖は二十六歳だ。二人とも社会人だが、家を出る気はないらしく、姉とともに同じマンションで暮らしている。

「うん、変わりないよ」

姉たちと会ったのは今年のお正月。両親が暮らす実家に、みんなで集まった。あれから四ヶ月以上が過ぎた。あと一週間もすれば梅雨入りだ。早智子は、月日の流れる早さにつくづく驚き、思わずため息をついた。

「どうしたの、ため息なんかついて」

「なんだか、あっという間に時間が経っちゃうなあって思って。毎日イライラして過ごして、無駄な時間を使ってるなあって……」

自分という人間は、こうしてあくせくしたまま残りの人生を生きていくのかと、うんざりする。

「今日も朝からさ」

と、早智子は本日の出来事を皮切りに、最近のイライラを姉に話した。話しながら、誰かに聞いてほしかったんだなと思ったりする。

「ねえ、さっちゃん。それってもしかして、更年期じゃない？」

「更年期？」

確かに生理は三ヶ月に一度程度しか来なくなったし、量もかなり少なくなった。早くすっきり終わって、煩わしさから解放されたいと願っている。

「更年期って、ホットフラッシュとかじゃないの？」

仲良くしているママ友の里美ちゃんは、気温や季節に関係なく、ところかまわず顔から汗が噴き出して、本当に困ると嘆いていた。髪の毛までびっしょりと濡れてしまうらしい。

「人によって千差万別だよ。頭痛、肩こり、冷え、不眠、イライラももちろんあるよ」

「ちょっとしたことでも、ものすごーくイライラするのよ」

「一度、婦人科に行ってきなよ」

「そうだね、そうする」

市から、子宮頸がん検診の受診券ハガキが届いていたから、検診がてらに相談してみようと心づもりする。

「あっそうだ、お姉ちゃん、仕事辞めたんだよね」

　お正月に聞いてびっくりしたのに、もう忘れていた。長年勤めていたので、ねぎらいがてら食事でもごちそうしようと思っていた。それなのに、日々の慌ただしさにかまけてすっかり抜けていた。

「うん、三月末でね」

「お疲れさまでした。今度食事でも行こうよ」

「うん、わたしはいつでも時間あるから」

　どこに行こうか、いつにしようか、などとしゃべっているうちに、茉奈が帰宅した。

「ごめん。茉奈が帰ってきた。また連絡するね」

「うん、またね」

　高校二年生の茉奈は小学生の頃からクラシックバレエを習っていて、今でも週に一回教室に通っている。高校では部活動に入らなかったこともあり、本人がやりたいなら続ければいいと思っている。

　身長は高い方ではないけれど姿勢だけはよく、それだけでも習った甲斐がある。早智子は猫背気味なので見習いたい。身体がやわらかいのにも憧れる。前屈が、床まで三十センチ以上届かない早智子である。

「なにか食べてから行く？」

声をかけると、バナナだけでいい、と階段をのぼりながら返ってきた。はいはい、と答えながら、あっ、と思う。バナナがない！　買い忘れた！

「茉奈ー！　ごめーん！　バナナなかったー！」

二階へ向かって叫ぶと、えー、という茉奈の声が聞こえた。

「おにぎり作ろうかー」

と聞いてみるも返事はない。とりあえずおにぎりを握る。

「あれ、もう行くの？」

「今日はいつもより早いって言ったよね」

そういえば、そうだったかもしれない。

「ほらこれ、おにぎり持ってって」

「炭水化物」

と言って、わざとらしいため息をついてバッグに入れる。毎日ご飯を食べているくせに、バレエに行く前だけ炭水化物に敏感になる娘。

「行ってらっしゃい」

髪をシニョンにした茉奈を見送る。姉との電話を切ったとたん、瞬く間に日常に巻き込まれていく。波にもまれて、あっちに流されこっちに戻されて、なにがなんだかわからないままに時間だけが過ぎていく。

そういえば、姉はなにか用事があったのかなと思い至ったのは、鉛のようになった身体を、ようやくベッドに横たえてからだった。

仕事が休みの日を見計らって、早智子は婦人科を訪れた。家からほど近い小さなクリニック。

「前田早智子さんね、どのような自覚症状がおあり？」

白髪のおじいさん先生が、めがねをぐっと下げて上目遣いに早智子を見る。

「とにかく毎日イライライラします。イライラすることは、みんなふつうにあると思うんですけど、イライラの度合いがすさまじいというか……。自分でも手に負えないほどイライラするんです。だって、起き抜けの第一声が『全員皆殺しっ』ですから。我ながらふつうじゃないと思います。『クソッ』って口ぐせみたいに言っちゃいますし……」

おじいさん先生はわざとらしく目を丸くして、

「全員皆殺しですか。それは穏やかじゃありませんね。でもまあ、口に出すのと実際に行動に移すのには雲泥の差がありますから、行動に移さないように充分気を付けてください」

と、穏やかな口調で言った。

「クソというのは大便のことをさしますから、こちらも控えたほうがいいでしょうな」

と続ける。

「まあ、更年期が関係してるでしょうねえ。あなた、手足の冷えもひどいし、頭痛もおありとのこと。骨密度もかなり低い。とりあえず、この漢方飲んで様子見てくださいよ。ビタミンDも出しておきますから。ああ、あと運動もしてくださいね」

「……はあ」

運動など何十年もしていない。職場の神社までは自転車で通勤しているので良しとしていた。

出された漢方は、ツムラの24番、加味逍遙散。こんなもので、全員皆殺しレベルのイライラが治まるとは思わなかったが、ひとまず飲んでみることにした。

梅雨入り宣言はまだだが、最近雨の日が多い。小雨だったらレインコートを着て五ノ丸神社まで自転車で行くが、土砂降りのときはバスとなる。バスはなかなか時刻表通りに来ないので、かなり余裕を持って家を出なければならず、いつも以上に慌ててしまう。

そんなおり、明人と佑人の定期テストがはじまった。二人とも、見事に勉強しないのが不思議でならない。テスト範囲も時間割も決まっているのに、余裕をぶっこいている。普段とまったく変わらない様子だ。いや、むしろ普段のほうが、部活に行っているだけマシといっていい。部活動の時間がスマホとゲームに変わっただけだ。だったら、野球やサッカーをして身体を動かしているほうが健全だ。

「ねえ、あんたたち、テストでしょ。少しは勉強したらどうなの」

夕食中ですらスマホを手放さない二人の息子に、早智子は声をかけた。

「あー」

こういうときばかり一卵性の双子らしく声をそろえる。

「あー、ってなに」

聞いてもそれきり答えずに、スマホをいじっている。

「中三だってのにすごいね。危機感ゼロ」

茉奈が二人の弟に目をやって、あきれた声を出す。

「すごいだろー」

と、ここでも双子の声がそろう。最近は二人でいることも少なくなったというのに、こういうときばかり気が合うようだ。かろうじて塾には通っているので、それだけが頼みの綱である。

息子たちは、食べ終わったあと食器も片付けずに、奇声を発しながらスマホでゲーム対戦をしはじめた。なぜテスト中にだけ結託するのか。

夫の晴彦が帰ってきた。今日はずいぶんと早い。

「ただいま」

「はい、おかえりなさい。すぐに食べる？」

ネクタイを緩めながら、夫がこくんとうなずく。早智子は、どこか機嫌のよさそうな夫をねめつけながら、なんかいやだ、と思う。夫、かわいこぶってる。

「チッ」

流れるように舌打ちが出た自分に驚いた。不機嫌な夫ほど、この世でいやなものはないはずなのに、機嫌がよければよいでムカつくのだ。

はあーっ。早智子は大きくため息をつく。一週間くらいでは、加味逍遙散も効かないようだ。


姉の奈緒子から、三島に行かない？　と連絡があったのは、例年より六日ほど遅い梅雨入り発表があった翌日だ。

「三島？　法事かなにか？」

静岡県三島市には母の実家がある。子どもの頃、お盆とお正月には必ず訪れていた。いとこたちと遊べることがうれしくてたまらなかった。

「大社に行こうと思って。三嶋大社」

「三嶋大社⁉　わあ、懐かしい」

毎年八月十五、十六、十七日に三嶋大社で夏祭りがある。通りにびっしりと並ぶ屋台が圧巻で、なにを買おうかと、行く前からノートに書き出していた子ども時代を思い出す。綿菓子、いか焼き、ラムネ、かき氷。正月三が日も境内に屋台が出て、早智子は小さな縁起だるまを買うのが好きだった。今思うと、ずいぶんと年寄りじみた小学生である。

「行きたいなあ」

「行こうよ！　さっちゃんの都合のいい日、教えて」

早智子はカレンダーを見ながら、いくつかの候補日をあげた。姉と三嶋大社に行く日は、その場で決まった。早智子はそんな自分に、ひそかにびっくりしていた。

最近は出かけること自体少なくなっていたし、こんなふうにすぐに予定が決まるなんて、めったにないことだった。また今度ね、いつか絶対ね、と言いながら、決行できないことがデフォルトになっていて、まあ、そういうものよね、とどこかあきらめていた。

子どもたちが家族旅行を喜ぶ年齢じゃなくなって、学生時代の友人とは年賀状だけの関係になり、早智子が出かけるといえば、仲の良いママ友と近所のファミレスにランチに行くぐらいだ。

姉との三嶋大社は、ひさしぶりのお出かけといっていい。受話器を置いたあとで、前の電話のときに、わたしのほうから連絡するね、と姉に伝えていたことを思い出した。あのときの電話、もしかしたら三嶋大社へのお誘いだったのかもしれない。姉の早期退職のことも、またもやすっかり忘れていた。早智子は額をひとつ打って、短く息を吐き出した。

わっ！　と背中を叩かれて振り向くと、姉が笑顔で立っている。

「やだあ、お姉ちゃんってば。子どもみたいに」

「いいお天気でよかった。梅雨の晴れ間だね」

「ほんと、ラッキー」

三島駅で待ち合わせした。二人とも神奈川なので、こだまに乗ったら三島まではすぐだ。

姉とは四歳違いということもあって、子どもの頃は一緒になって転がって遊んだり、ケンカをしたりすることはなかった。早智子にとって、奈緒子は常に年上のおねえさんだった。

幼い頃は、世話を焼いて面倒を見てくれるおねえさん。中高生になってからは、いつでもやさしく受け答えしてくれるおねえさん。早智子が短大に通っているときに、奈緒子が結婚して家を出たこともあって、その後はずっと親戚のおねえさんという感じだった。

　そのイメージがなくなったのは、ここ四、五年のことだろうか。子どもたちにかかりきりになることもなくなり、ほんの少しだけ日常に余裕ができてからは、姉に誘われれば食事に行ったり、日帰りバス旅行に行ったりするようになった。二人のときもあったし、母や姪と一緒のときもあった。といっても、年に一回あるかないかという頻度だ。

　四十も半ばを過ぎると、図々しい社会性がいつのまにか身について、たいていの人とだったら、気負わずに会話できるようになる。姉の奈緒子も、親戚のおねえさんではなくなり、気心の知れた友人のような関係になった。姉妹というのはおもしろいものだと思う。

「前回三島に来たのは、三年前だったよね」

「そうそう、伯父さんのお通夜ね」

　三年前、母の一番上の兄である伯父が亡くなり、父、母、姉と連れ立って、葬儀場へ向かった。あのときは駅の北口側だったから、南口に来るのは本当にひさしぶりのことだ。

盆と正月に母の実家に遊びに行っていたのは、小学生までだ。四つ違いの姉が高校生になってからは行かなかっただろうから、早智子が五年生の頃だったかもしれない。

「こんなにきれいな駅だったっけ？」

伯父の葬儀のときは時間もなかったし、夜だったこともあってか、駅舎をゆっくり見ることもなかった。

「四十年近く経ってるんだから、変わってるよ」

「そりゃそうだわ」

四十年という壮大な時が瞬く間に過ぎてしまったことに、姉妹で笑い合う。姉は昔から朗らかだ。誰にでも公平で、優等生的な明るさがある。だから、そんな姉が離婚したと聞いたときは、心底驚いたものだ。

母の実家から三嶋大社への道のりは覚えているけれど、駅からは少々不安なのでスマホの地図を見ながら歩くことにする。

「たまにはこういう散歩もいいね」

「五十三と四十九の初老姉妹の二人歩きかあ」

「ちょっと、わたし誕生日まだだから四十八よ。初老だなんてやめてよ。せめてアラフィフって言って」

と、いくぶん本気で早智子が返したところで、あーっ、と声が出た。

「お姉ちゃん、お誕生日おめでとう。ごめん、遅くなって」

おととい姉の五十三歳の誕生日だった。お互い、誕生日に連絡を取っているわけではないが、今回は何度か電話で連絡を取っていて、誕生日の前日までは覚えていたのにこのざまだ。

「いいのいいの。もう誕生日がうれしい年齢じゃないし」

うれしいどころか、なんの感慨もないというのに、四十九を四十八だと訂正したり、初老という言葉は相容(あいい)れないと反発したり、我ながら面倒な人間だ。自分で言うのはいいけど、人に言われるのはおもしろくないという、まさに老害の思考である。

「建物やお店は変わったけど、道は変わらないね。ちゃんと覚えてるもんだわ」

姉が目を細めながら、町並みを眺める。

「あっ、お姉ちゃん、見て、あそこ」

「楽寿園(らくじゅえん)！」

声がそろう。楽寿園というのは三島市立の公園だ。緑豊かな自然があって、池があって、動物がいて、ちょっとした乗り物があって、昔は大勢の人でにぎわっていた。

「小さい頃行ったことあったよね。オオサンショウウオが有名だったよね」

「いたーっ、でかいオオサンショウウオ！　ゾウやキリンもいた気がする」

ここに来なければ思い出すことのない情景が次々と浮かんできて、二人できゃっきゃと騒ぐ。

「あれ、ここって、水泉園じゃなかったっけ？」

案内の看板に、白滝公園とあった。今は白滝公園と呼ぶらしい。

「わあっ、きれい」

こんこんと水が湧き、美しい波紋と流れを作っている。

「何度か来たことあるよね」

「うん。でもよく行ってたのは菰池のほうだよね」

菰池というのも、清らかな水が湧く公園だ。暑い夏に、いとこたちとよく水遊びに訪れた。水がすごくつめたかった、すべって転んでお尻を打った、みんなでソーダのアイスを食べたね、などと、定かではない遠い記憶を姉妹でたどる。

あまりに美しい水に、早智子はスマホで何枚か写真を撮った。まるで水などないかのように、底の岩がくっきりと見える。木漏れ日が差し込んでいる場所だけが、水があることを示すように、陽光を水面に照らしている。

水のせせらぎに耳を澄ましながら、大きく深呼吸をしておいしい空気を吸いこむ。

時刻は十一時。今日、三島に来なかったら、今頃は家で掃除機をかけている頃だろうか。掃除機なんてかけなくても死にはしないのに、仕事が休みのときはやっきになって家事をしている。ばかみたいだ。

白滝公園から流れ出る川に沿って歩く。

「こんなところに川があったんだね」

「めっちゃきれい」

「ありえない透明度」

川藻がそよそよと揺れている。なんという水のきれいさだろうか。早智子の家の近くを流れるドブ川とは大違いだ。

「カモ！　カモがいる」

「ほんとだ、かわいい！」

水が透明すぎて、カモの水かきまでよく見える。カモたちは毛づくろいをしたり、エサを取ったり、仲間たちとくっついて泳いだりして、なんだかものすごく尊いものを見せてもらっている気がした。永遠に見ていられる。

「あそこにアオサギもいるよ」

姉が指をさした方向を見ると、黄色いくちばしに薄墨色の羽を持った、余裕のあるたたずまいの鳥が足を浸していた。アオサギだ。ひさしぶりに見た。

「ねえ、三島って最高じゃない？」

「子どもの頃は、こういうところに目がいかなかったもんね」

「お祭りとお年玉に夢中だったからね」

美しい水の流れを見ながら、ゆっくりと歩く。太陽にちょうど雲がかかって、直射日光はまぬがれているが、紫外線量はえげつないはずだ。

「こないだお正月だったのに、もう夏が来るね」

姉が堂々と空に顔を向ける。年相応のしみ、しわ、たるみはあるが、それを気にしていなそうな姉のメンタルがうらやましい。

「ところで、どうして三嶋大社？　急に思い立ったの？」

と早智子は聞いてみた。姉は、これこれ、と言いながら、リュックからなにやら取り出した。

「これを買ったのよ」

手に取って見せてもらう。

「全国一の宮御朱印帳？」

「うん。寒川さんで売ってて、思わず買っちゃった」

寒川さんというのは、神奈川県高座郡にある寒川神社のことだ。早智子も訪れたことがある。

「へえ、こういうのがあるんだ」

早智子が働いている五ノ丸神社は一の宮神社ではないので、この御朱印帳は見たことがなかった。

一の宮神社というのは、その地域で社格が高いとされる神社のことだ。由緒の深い神社や信仰のあつい神社が勢力を持つことがあった平安時代から鎌倉時代初期にかけて、順位が整っていったらしい。

「寒川さんは一の宮なんだね」

「そうなのよ。神奈川県の『相模国』は、寒川神社と鶴岡八幡宮が一の宮」

うきうきと答える。そういえば、昔から姉はパワースポット好きだった。いや、パワースポットというかスピリチュアル。ここでいうスピリチュアルにはオカルトも含まれる。とにかく姉は、目には見えない世界が好きだった。愛読書は『ムー』一択。

全国一の宮御朱印帳をめくってみると、旧国名とともに神社名が記載されている。寒川神社のページには、

――相模国　寒川神社　寒川比古命・寒川比女命――

と、ご丁寧に御祭神まで書いてある。

「これは便利だね。こんな御朱印帳があるなんて知らなかった」

「神社名が書いてあると、ポイントをチェックしていくみたいで、ついつい集めたくなっちゃうのよね」

「お姉ちゃん、ふつうの御朱印帳も持ってるよね。前に五ノ丸神社にも来てくれたことあったじゃない」

「御朱印帳は常に二冊持ちよ。神社だけじゃなくて、お寺も好きでよく行くし。さっちゃんは、御朱印帳持たないの？」

　早智子は、持ってない、と首を振った。五ノ丸神社の同僚のなかでも、御朱印を集めている人はいるけれど、早智子はあまり興味がなかった。神社で働いているわりに、そもそも神社自体への興味は薄い。早智子が好きなのはあくまでも書道で、それを生かせる職場がたまたま神社だっただけである。

「死ぬまでに、日本全国の一の宮に行けるといいなあ」

　遠い目をして姉が空を仰ぐ。一の宮御朱印帳には、北海道から沖縄までの神社が掲載されている。

「行けるよ。だって、たくさん時間あるじゃない」

　姉は薬剤師だった。大学卒業後、県の職員として入庁して公衆衛生の仕事についた。それから三十年間働き続け、今年退職したというわけだ。

「そうだよねー。よし、絶対行くぞ」

　と、姉が小さくガッツポーズをする。

「いいなあ」

　自然と口から出ていた。自分だけに使える時間があるということは、なんと贅沢なことだろう。

「さっちゃんも、お休みの日に一緒に行こうよ」

「うーん、そうだねえ」

できないことはないだろう。だけど、たまった家事やこまごまとした日常のことをこなしていると、あっという間に時間は過ぎていってしまう。

「お姉ちゃん、仕事を辞めること、いつから決めてたの？」

「五十歳を過ぎた頃かなあ。もう充分働いたなって思ったのよ。ずいぶんがんばったなあって」

確かに。姉はものすごくがんばってきた。一人でさくらと美玖を育てて、二人が幼い頃は、それはそれは大変だったと思う。

「子どもたちも自分の道を歩んでいってるし、マンションのローンも終わったし、そろそろ自分の好きなことしようと思って。ここだけの話、わたし、薬剤師ってガラじゃなかった」

「えっ、そうなの？」

姉は子どもの頃から勉強ができた。高校では理系を選択し薬学部に進学して、薬剤師の資格を取り、公務員試験に通って入庁。まさに姉にぴったりな職種だと、早智子は思っていた。その場の適当な感覚だけで、人生の岐路の選択をしてきた早智子とは、真逆のタイプだ。

「薬って対症療法だからねー。わたしは、もっと根本から人が元気になればいいなあって思ってるんだよね」

「どういうこと？」

「生命力そのものを強くする、みたいな」

「そんなことできるの？」

とたずねると、姉はふふん、と不敵な笑みを口元に浮かべ、

「だから、神社仏閣に参るのよ」

と答えた。

「それにしても蒸すね」

見えない世界が好きな姉のことだから、この流れからすると妙な方向にいきそうだ。薬剤師だったというのに、薬は身体に毒だと言い兼ねない。早智子はさっさと話を変えた。

三嶋大社の西側の鳥居が見えてきたが、せっかくだから正面の大鳥居から入ろうということになった。

「ひゃー、懐かしい」

大鳥居を見上げて、思わず声が出る。

「夏祭りのとき、ここでお囃子（はやし）やってたよね」

にぎやかなお囃子の音がよみがえる。ねじり鉢巻きをした裸の男たちが、摺鉦をコンチキコンチキと鳴らしていたっけ。

多くの人で歩けないほどごった返した境内を、浴衣姿でいとこたちと手をつないで進んでいった。話し声も聞き取れないほどの喧噪が、お祭り気分を盛り上げてくれた。子どもの頃の思い出が、堰を切ったように早智子の脳裏になだれ込んできて胸がいっぱいになる。

姉に続いて一礼してから鳥居をくぐる。ふと左側に目を向け、二人で思わず顔を見合わせた。

「あそこにお化け屋敷が出てたよねっ！」

「そうそう！　呼び込みのおじさんのダミ声がめっちゃ怖かったー」

「ろくろっ首が描いてある看板も怖かったよね！」

「なかから悲鳴が聞こえてきたりしてね！　やだ、懐かしくて吐きそう」

「ちょっと、やめてよ」

姉に肘をつつかれる。どこかにしまわれていた幼い頃の思い出があふれてきて、おぼれそうなほどだ。

「この池も懐かしいー」

姉が池にかけ寄る。神池。たくさんの鯉が集まってくる。鳩もちょこちょこと寄ってきた。鯉のエサのおこぼれをもらうつもりだろう。早智子もエサやりをしたかったが、エサを売っている場所がわからなかったので、眺めるだけにした。

池のほとりに立つ狛犬の頭に、二羽の鳩がちょこんと乗っている。愉快でかわいくて、思わずスマホを向ける。

どこもかしこも懐かしく、早智子の胸は震えっぱなしだ。だって、ぜんぶの風景を覚えてる。くたくたになるまで歩き回って、それでもなお、お祭りの期間中は毎日、昼も夜も何度も大社に通った。忘れるわけがない。今まで忘れていた自分はどうかしている。

「あっ、茅の輪がある！」

姉が声をあげる。

「六月三十日午後二時、茅の輪神事」

立て看板に書いてある文字を、姉が読みあげる。茅の輪神事というのは夏越大祓式のことで、半年の節目に、日常生活において知らず知らずのうちに犯している罪や穢れを祓い清める神事のことだ。

早智子の職場である五ノ丸神社では、明日、茅の輪を用意する予定となっている。

「残念、三十日に来たかったなあ。でもせっかくだから、くぐって行こう」

姉がくぐり方の記載通りに八の字を描くようにくぐり、早智子もあとに続いた。

手水舎（ちょうず）で、右手、左手、口の順に清め、ひしゃくを立てて水を流す。神馬舎を過ぎ、神門で一礼し境内を進んでいく。舞殿の向こう側に本殿がある。

早智子はここで、思わずかけ出した。どういうわけか、早く本殿に行きたくてたまらない。

「ちょ、ちょっと待ってよ、さっちゃん」

姉の声が背中に聞こえた。

本殿の前には、参拝客が並んでいた。早智子はお賽銭（さいせん）をポケットに用意して、今か今かと待ち焦がれるような気持ちで順番を待った。

なんだろう、この感じ。ディズニーランドの開場を待つみたいな？　明人と佑人が小一のときにはじめて参加した二泊三日のキャンプから帰ってくる日に、駅に迎えに行ったときみたいな？　とにかく早く神さまに手を合わせたくて仕方ない。神社でこんな気持ちになるなんて、はじめてのことだ。

順番が来た。深呼吸をし、二礼二拍手して手を合わせる。

（三嶋大社の神さま、こんにちは！　わたし、前田早智子です。旧姓、千賀（せんが）早智子です。覚えてますか！）

と、元気よく自己紹介した瞬間、どうしてだか涙が勝手にあふれた。慌てて拭（ぬぐ）って、挨拶（あいさつ）を続ける。

（昔、何度も何度も来ました！　お祭りのときに大社に来るのがたのしみで、いつも待ち焦がれていました。今日はええっと、たぶん三十八年ぶりの参拝です。すっかり不義理してしまってごめんなさい。懐かしくて、胸アツです！　あっ、すみません。後ろにも参拝客の方が並んでいるので、ちょっと端によけてから話の続きをします）

と、一気にしゃべり、早智子は端によけて後ろの人にどうぞと譲った。それからまたしゃべり続けた。まるで旧知の友人にひさしぶりに会ったかのように、子どものことや仕事のことをべらべらとしゃべりまくった。

ようやく話し終えたところで、また視界がぼやける。はじめての感覚。なんだろう、これは。

「さっちゃん、すごく長い間、手を合わせてたね」

早智子の参拝を待っていた姉が言う。

「なんだか知らないうちに涙が出て、不思議な感じ……」

「さっちゃんって、昔からそういう感覚あるもんね」

「そういう感覚って？」

「第六感的なさ」

そう言って、姉が早智子の顔を見てふむふむとうなずいている。またヤバい方向にいきそうだ。面倒なので、聞こえないふりを決め込む。

その後、お守りを買うという姉に付き合って授与所にあるものを眺めているうちに、早智子も欲しくなった。パッと目についたお守りを五つ買う。夫と子どもたちにも持たせたい。

姉の一の宮専用御朱印帳に記帳してもらったあと、改めて境内を散策した。子どものときはまったく気に留めていなかった摂社や石像や歌碑などをゆっくりと見てまわる。

源頼朝(みなもとのよりとも)ゆかりの神社ということも、今日はじめて知ったのだった。子どもの頃、なんの興味もなかった由緒や歴史も、大人になってから知ると、これまでの経験と知識が上書きされるようで、興味深い。

宝物館の裏側に出たところで、姉と二人で歓声をあげた。

「鹿ー！　鹿ちゃん、まだいるんだ！」

柵(さく)の向こう側にたくさんの鹿。早智子たちが幼い頃からここにいる。けれど、子どもの頃だって、ここにはあまり来なかった。参道からちょっと離れているということもあって、わざわざ鹿を見るために寄ることはしなかった。

柵の近くに行くと、鹿が二頭寄ってきた。そのうちに、小鹿もやって来た。エサをくれると思っているらしい。

「ごめんね、なにも持ってないのよ」

そう言っても、無表情のままぐいぐいと柵から鼻先を出す。そのうち立派な角を持った大鹿がやってきた。顔つきは微妙に異なるけど、みんな無表情なのがいい。ひさしぶりの生の動物にテンションがあがる。

神鹿園（しんろくえん）をあとにして、土産物店に入った。と、ここで鯉と鹿のエサを売っていた。今度来るときにはちゃんと覚えておいて、事前にエサを買おうと頭にメモする。

福太郎（ふくたろう）茶屋という場所があり、「福太郎」という、こしあんでくるんだ草餅（くさもち）が売っていた。三嶋大社の名物らしい。この餅（もち）の記憶はなかった。三十八年前はなかったのかもしれない。

「ここで食べられるみたいよ」

「もちろん食べる」

福太郎二つと煎茶（せんちゃ）がついたお茶セットが二百五十円。なんともちょうどいいお値段ではないか。

「ヨモギのいい香り。甘すぎなくてグー」

「沼津茶（ぬまづちゃ）もいいお味」

境内を歩き知らないうちに疲れていたのか、甘いものがやけにおいしい。

「わたし、福太郎買って帰ろうっと」

ようやく落ち着けた腰をさっさと上げて姉が言い、早智子もつられるように「わたしも」と、ひと箱購入した。

参道を戻り、大鳥居を出たところで振り返って、深々と一礼をする。境内を広く見渡した瞬間、また胸がいっぱいになった。ありがとうございました、と自然と感謝の言葉が口をつく。

「あー、いいご参拝だったあ」

「ほんと、ご利益ありそう」

と言ったところで、神さまになにもお願い事をしなかったことに気が付いた。近況をべらべらとしゃべっただけだ。まあいっか、今日は無沙汰(ぶさた)をしていたご挨拶ということで、また必ず来ようと決める。

「お腹すいたー」

姉が伸びをして言う。時計はちょうどお昼を回ったところだ。福太郎を食べたら勢いがついて、空腹度が増してしまった。

「のど渇いたね。ビールでも飲みたい気分」

早智子も伸びをしながら答えた。

「飲もう、飲もう！　ぜひ飲みましょう！」

姉が破顔一笑した。

三島はうなぎ、と言っていたのは、母だっただろうか。有名店がいくつもあるが、子どもの頃に連れて行ってもらった記憶はない。早智子は、大人になってから友人とドライブがてらに寄ったことを覚えているが、どこの店だったのかは覚えていない。

三嶋大社からほど近いうなぎ店。平日ということもあるのかすぐに入店できたが、最後の一席だった。

「うなぎなんて、一年以上食べてないかも」

息子たちが苦手なこともあって、しばらく食べていなかった。もちろん、家族全員でうなぎ店に行ったら会計がすごいことになるので、どちらにしてもこんな機会はめったにない。

「なににしようかな。うな重と……、白焼きも食べたいな。肝串もいいなあ」

メニューを見ながらの、うれしい悩みだ。

「食べたいものを、もりもり食べようよ」

姉は昔から健啖家だ。結局、うな重を一つずつと、二人でシェアするように、白焼きと肝串を一人前ずつ注文した。それと、生ビール中ジョッキを二つ。

届いたビールのジョッキについた水滴を見て、夏が来るんだなあとふいに思う。梅雨が明けたら、いよいよ本物の夏到来だ。ついこの間年が明けたというのに、驚くべき早さだ。

「かんぱーい！」

姉とジョッキを合わせて、ぐびぐびぐびっとひと息に三分の一ほど頂く。姉のほうはもう半分以上なくなっている。喉が渇いていたこともあって、ビールが喉から胃に落ちていく冷たさが心地よかった。

昼間に飲むビールって、なんでこんなにおいしいんだろうかとつくづく思う。昼間に飲んでいるという背徳感も、ひと役買っている。

早智子は日頃ほとんどアルコールを飲まないが、それは、そのあとやるべきことがあるからだ。酔って、そのまま眠れるのであれば、もちろん飲みたい。アルコールにも強いほうだ。けれど、現実はそうはいかない。グラスを片付けて、戸締りを確認して、明日の朝の準備をして、歯を磨く……。

「ビールおいしいなあ。幸せ。ひさしぶりに三嶋大社の神さまにもご挨拶できたし、最高」

「さっちゃんのお休みの日に、たまにはこうしてお出かけしようよ。ねっ」

と姉はジョッキに残ったビールを飲み干して、もう一つ、と注文を入れた。姉は、アルコールにめっぽう強い。身長は姉妹とも百六十センチに少し足りないくらいだが、姉の奈緒子は骨太かつ筋肉質で全体的にしっかりしている。見た目は同じような背恰好だが、おそらく体重は姉の方があるだろう。とにかく健康なのだ。

「そうできたらいいけどねー」

と早智子は答えつつ、もう一杯頼もうかどうか逡巡しているところで、肝串が届く。ちょうどいい焼き色がついたうなぎの肝。これをつまみにビールを飲んだら、さぞかしうまいだろう。

もう一杯いくか、早智子？　と己に問い、ＹＥＳ！　にだいぶ傾いたところで、帰宅後の自分の姿が目に浮かんだ。子どもたちの帰宅で、一気に汚れる家のなか。せかされる夕飯。その後の片付け。みんなが入ったあとの風呂掃除。洗面所に散らかった洗濯物……。ぶるるっ、と首を振って、一杯でやめておこうと思い直す。

肝串を頂く。嚙んだ瞬間に、あまじょっぱいタレと肝の苦みと焦げの香ばしさが口のなかに広がる。身のやわらかさと、くるっとした少し弾力のある皮とのバランスがいい。

「精がつくねー」

と、目を閉じたまま肝を咀嚼しながら、大きな声で姉が言う。確かに、飲み込んだ瞬間、ダイレクトにパワーチャージされる感じがする。

うな重と白焼きが届いた。わあっ、と姉妹そろって声を上げ、まずはゆっくりとお重のふたを開ける。かすかな熱気が頰に当たる。見るからにふっくらしたうなぎに、照りっとしたタレが輝いている。

すぐに箸(はし)をつけたいところだが、先に白焼きだろう。姉と二人で、好きなところに箸を入れていく。こういうところが姉妹のいいところだ。しばらく会っていなくても、食べるものには遠慮がない。二人箸にならないようにだけ気を付けて、食べたいだけ食べる。

白焼きは、箸でつまむのが申し訳ないほどのやわらかさだ。口に入れると、最小限の咀嚼で消えていく。ほどよい脂。添えられているショウガをつまむと、さらに脂のうまみが引き立った。早智子は、しょうゆをつけずにわさびだけで食べるのが好みだ。最後はさっぱりと、薄ピンク色のはじかみをかじる。

「白焼きって、とっても上品だよね。上品食べ物ベストテンに入るね」

ジョッキ二杯ぐらいで酔う姉ではないのに、酔ったふうな口調でそんなことを言う。

「ちなみに、上品食べ物ベストワンってなに?」

とたずねた。

「ひとくち玉ゼリーかな。つまようじで刺すと、プルンッて出てくるやつ」

「ふうん」

なんとも答えようがなく、早智子は残りのビールを飲み干した。どうでもいいことには、無理して相づちを打たなくていいのも姉妹の特権だ。

さあ、お待ちかねのうな重。山椒(さんしょう)をふりかけ、香りをたのしむ。それから箸を手にとって、重箱の左下の角から四角く取って口にいれる。これが早智子の食べ方だ。

「うんっ、おいしい!」

ふっくらと焼き上がった厚みのあるうなぎ。一粒ずつ立っているご飯。濃いめの甘だれ。すばらしいハーモニーに、もりもりと箸が進む。うなぎを最初に食べようと思った人にも、かば焼きを発明した人にも感謝したい。

口が濃くなってきたところで、肝入りのお吸い物で口腔内(こうこう)をうるおす。途中、お新香を挟むと食欲がまた増す。

「さっちゃん、三嶋大社の神さまにめっちゃ歓迎されてたね」

「歓迎?」

「うん。だって、さっちゃんが手を合わせたら、すぐにご祈禱(きとう)がはじまったじゃない」

「そうだった?」

夢中で話していたので、気が付かなかった。

「ご祈禱がはじまったり、結婚式に遭遇したり、動物や虫が出迎えてくれたりするのは歓迎のしるしだよ」

ご祈禱や結婚式のことは聞いたことがあるけど、動物や虫ってなんだろうか。

「例えば鳥が舞い降りてきたり、猫が通ったり。蝶(ちょう)が飛んできたりトカゲが出てきたり」

「へえー」

「三嶋大社の神さまが、さっちゃんを歓迎してくれたんだよ。自然に涙が出るっていうのは、魂が喜んでる証拠だよ」

出た、魂。見えない世界信者。『ムー』愛読者。

「ごちそうさま。なんか元気出た」

伸びをすると、身体のすみずみまでパワーがみなぎるような気がした。さすが、うなぎパワーだ。精がつくというのは、こういうことか。

お店を出て、お腹いっぱい、もうなにも食べられない、と言いながら二人でゆっくりと歩く。腹ごなしに思い出の菰池を通って帰ろうということになり、少し回り道をした。

「あれ？」

「こんなだったっけ？」

記憶にある菰池の景色とは違っていた。

「……埋めちゃったんだ」

池が三分の一ほど埋め立てられて、石畳ができていた。

「まあ、いろいろな事情があったんだろうね」

姉の言葉に小さくうなずく。ここに水遊びに来ていたのは、四十年以上も前のことだ。自分たちが、とやかく言える立場ではない。

「でも、水は本当にきれい。カモたちもうれしそうだよ」

「うんうん」

あの頃から、たくさんの時間が通り過ぎていったのだと、改めて感じ入る。

四十年という年月。生まれた赤ん坊が四十歳になるのだ。けれど、思い返してみると、四十年なんてあっという間だった。これからの四十年は、もっともっと短く感じるのだろう。四十年後に生きているかどうかはわからないけれど。

「お姉ちゃん、仕事辞めて正解だったね」

「どうしたの、急に」

「好きなことした方がいいよ。人生って短い」

「わかる。わたしもそれに気付いたんだよね」

聞けば、姉と同い年の同僚が去年亡くなったとのことだった。病気が見つかって、すぐだったらしい。

「わたしもいつどうなるかわからないって思ったの。後悔しないで死にたいって思った。やりたいことをしようって」

早智子は大きくうなずいた。本当にそうだ、その通りだと思う。

「さっちゃんもね」

「うん」

その通りだと思ったくせに、いざ自分のこととなると日々の雑多な仕事が頭をよぎり、気が引ける。情けない。

「コーヒーでも飲んで行こうか」

「そうだね」

時刻は十四時四十分。こんなに充実した時間を過ごして、まだ三時前とは驚きだ。駅近のカフェに入る。早智子はカフェオレを注文した。姉はブレンドとチーズケーキ。さすがだ。

「お姉ちゃん、一の宮専用の御朱印帳見せてくれる？」

「どうぞ」

姉から御朱印帳を受け取る。早智子がいつも書いている御朱印帳より、二回りほど大きい。表紙も布張りで高級感がある。

「かっこいいね」

「でしょ」

「まだ二カ所だけなんだね」

「手に入れたばかりなの」

御朱印帳を買ったという寒川神社と、今日の三嶋大社のページに御朱印がある。すべてのページに神社名が書いてあるので、集めたくなるのもうなずける。

「三嶋大社は『伊豆国』になるんだ。『駿河国』だと思ってたわ。『駿河国』は、富士山本宮浅間大社か。その前のこれは、えっと、なんて読むんだっけ？」

日本の旧国名はむずかしい。歴史やら地理やらの社会科が苦手だった早智子には、お手上げだ。

「これは、とおとうみ、よ。『遠江国』ね」

「とおとうみ」

声に出して、言ってみたくなる名前だ。そういえば、前の大河ドラマでこの国名を聞いたことがあったなと思い出す。

「『遠江国』は、小國神社と事任八幡宮の二カ所なんだね」

小國神社の御朱印は見たことがあった。五ノ丸神社で御朱印書きをしていると、つい前のページに目がいく。日本全国の神社仏閣。目を奪われるような字体の御朱印もあり、感激するし勉強にもなる。

一の宮専用の御朱印帳をめくっていくと、はじめて見聞きするような神社がたくさんあった。八百万の神とはよく言ったものだ。どの土地にも必ず神社とお寺はある。日本という国は摩訶不思議だ。神さまも仏さまも信じて、木や石にも手を合わせる。

図々しさとやさしさが同居していて、おもしろい。

新幹線の時間を確認して、ホームへ移動した。子どもの頃は、東海道線に揺られてゆっくりと来たものだ。新幹線の切符を迷うことなく買えるほどの月日が経ったのだと、改めて思う。

「さっちゃん、今日はたのしかったよ。どうもありがとう。うなぎもごちそうさまでした」

退職祝いと誕生日祝いを兼ねて、三島のうなぎをご馳走することができてよかった。気持ちのいい小旅行だった。


「ただいまー」

と元気よく玄関ドアを開けようとしたら鍵が閉まっていた。肩透かしを食ったような気分になる。

ただいまー、と気を取り直して、再度言ってみる。

「誰もいないのー？」

家のなかは、早智子が家を出たときのままだった。午後五時四十分。まだ誰も帰ってきていないらしい。

つまんないの、とひとりごちる。早智子は、出かけてきたということを家族に知らせたかった。三嶋大社に行ったんだぞ、うなぎを食べたんだぞ、と自慢したかった。しょうもない承認欲求だとは思いつつ、ひさしぶりに出かけたことがうれしかったし、わたしだって出かけるんだから、いつも家にいるわけじゃないんだから、というところを見せたかった。

SNSで出かけた先の景色や料理をアップする人たちの気持ちが、にわかにわかるような気がする。

「おーい」

と、誰もいないことを承知で声を出す。自分は誰となんの勝負をしているんだ、とばかばかしくなる。

今朝、出かける前にカレーの下ごしらえをしておいたので、あとはルーを入れるだけだ。ご飯もタイマーセットしてある。

早智子はスマホを手に取って、今日撮った写真を見返した。三嶋大社の本殿を撮った一枚に、虹色(にじいろ)の光線が入ったものがあった。太陽の位置がちょうどよかったのだろう。とても神々しい写真になっている。思わず、スマホの壁紙に設定した。

LINE画面を開いてひさしぶりに夫のアイコンを出し、本文なしで、白滝公園の湧き水と、川で泳ぐカモと、鳩を頭に乗せた狛犬(こまいぬ)と、虹が入った三嶋大社の本殿と、うな重の写真を送った。

——きれいな水だね。溶岩？　かっこいい神社だね。うなぎおいしそう！

既読がついたと思ったら、すぐさま返事が届いた。ひさしぶりの妻からのＬＩＮＥに、なんでもいいからとりあえず返信したほうがいいと感じたのだろう。

近頃の早智子のイラつき解消の矛先は、主に夫へと向かっている。申し訳ないと思いつつ、ついつい言いやすい夫に当たってしまうのだった。

早智子はスマホで、三島の白滝公園を調べた。池の底に見えた岩は、富士山の噴火の際に流れ出た溶岩らしかった。夫、正解である。

——三島の白滝公園、めっちゃきれいな水だった。富士山からの湧き水らしいよ。三嶋大社は最高だった。うなぎ超おいしかった！

と、早智子も返した。思いがけず絵文字多用となり、うかつにも笑顔のスタンプまで送ってしまった。

——三島かあ、いいね！　お義母さんの実家だね。

と即レスが来た。早智子はグーマークのリアクションで返し、これで終了とした。夫とのひさしぶりのＬＩＮＥで、なんとなく気分がよくなっている自分があほみたいだった。


「佑人！　早く起きなさい。遅刻するわよ」

「……うるせえな」

「あとは自分で起きなさいよ。もう知らないから」

「……最初から頼んでねえよ」

そのあと小さい声でクソババアと聞こえた。

階段をおりながら、悪態をつこうとしたすんでのところで思いとどまる。

「はしたない言葉は使わないわ。おほほ」

上品っぽく口にして、決意を新たにする。

「行ってきまーす」

家を出て行く茉奈のバッグと明人のリュックから、チリチリリと小さな鈴の音が聞こえる。三嶋大社で買ってきたお守りだ。夫は家の鍵に、早智子はお財布のファスナーにつけた。

早智子はさっさと朝食をとって、いつものルーチンにとりかかった。今日は昼から雨予報なので、帰りはバスにして、行きは五ノ丸神社まで歩いていくつもりだ。

昨日の三嶋大社。スマホの歩数計は、一万歩を超えた。日頃の早智子は三千歩くらいなので、歩数が稼げてよかった。婦人科の先生に言われたこともあり、歩けるときは歩こうと思っている。

ドドドドドッ

ものすごい音を立てて、佑人が階段を下りてきた。

「なんで起こさないんだよ！　遅刻！」

と、寝ぐせの髪で叫ぶ。

「頼まれていませんから」

早智子はそれだけ言って、自分の支度にとりかかった。

「朝ご飯いらないっ！」

そんなことはとっくにわかっているので、バナナ二本とコップ一杯の牛乳を、すでに佑人の席に置いておいた。それを目にした佑人はなにやら言葉にならない声を発し、牛乳でバナナを流し込むように口に入れた。

制服に着替えて、ひどい顔と髪のまま、玄関でスニーカーをはいている。始業にはおそらく間に合わないだろうけど、こうして急いでいること自体えらいじゃないのと思う。

「行ってらっしゃい。車に気を付けて」

佑人は無言で出て行ったけれど、佑人のリュックから聞こえた、チリチリリという鈴の音の余韻が耳に残る。

「よーし、がんばるぞ」

早智子は玄関先で一人、無意味にガッツポーズを決めた。三嶋大社パワーなのかうなぎパワーなのか、今朝はやけに頭がクリアで身体も軽いのだった。

曇天の空。今にも雨が落ちてきそうだ。梅雨が明けたら夏が来て、夏が過ぎたら秋になり、冬の訪れとともに、瞬く間に新しい年を迎えることだろう。子どもの頃の一年と、今の一年では、スピードがまるで違う。小学生の頃は、一日、一週間が長くて仕方なかった。

額に浮かんできた汗をハンカチで押さえながら、残りの人生を思う。遊びに出かけるひまなんてないと思い込んでいたが、もしかしたら逆なのかもしれない。家事や家族の世話をしている時間こそ、実は不要なんじゃないだろうか。

今朝だって、佑人を起こすことにやっきになっていた自分を手放したら、イライラが減った。もしかしたら、わたしは時間の使い方を間違えていたのかもしれない。掃除するよりも、自分の時間を作ることのほうが正解に決まってる。

「なんだかさえてる」

と、声に出して言ってみる。歩くと、脳の動きも活発になるのかもしれない。

「よーし、がんばるぞ」

本日二度目のかけ声を放つ。そのときポツンと額に雨粒が当たった。予報よりかなり早めに降り出した。傘を広げて歩いていると、後ろから走ってきた年配の男性が、早智子をよけきれずにぶつかってきた。

「いた……」

　ぶつけられた右腕をさすると、

「邪魔だ！」

　と怒鳴られた。早智子はびっくりして、推定八十歳超えとおぼしき男性を見つめた。

「邪魔くさいんだよ」

　おじいさんはもう一度言い、雨をよけるように禿頭（はげあたま）に手を置いて、前傾姿勢で走っていった。まったく前を見ていない。あの調子では、また誰かにぶつかるだろう。

「なにあれ」

　と口に出したら、怒りよりもおかしみがこみ上げてきた。

「♪老害～、老害～、ろーうがーいいい♪」

　節をつけて歌ってみたら、さらにおかしくなった。腹立たしさを笑いに変換できるなんて、加味逍遙散が効いてきたのかもしれないと早智子は思う。

　もしくは、三嶋大社の神さまが、早智子の近況報告に同情して、怒りの芽を少し摘んでくれたのかもしれない。どちらにしても、気分のいい朝だった。

# 寒川神社とお抹茶

こんな大雨の日でも、五ノ丸神社に参拝に訪れてくれる人がいる。小さな屋根の下で傘をたたみ、肩にかかった雨粒を拭いて、御朱印帳袋から御朱印帳を取り出し、早智子の前にページを広げてくれるのだ。

ありがたい。御朱印を書く早智子の右手に、しずかなやる気がみなぎる。

「ありがとうございました」

「ありがとうございます」

お互いに、ありがとうを言い合えるこの瞬間が好きだ。これこそ、人と人との触れ合い。なんと美しい交流だろうか。

そんなふうに思えるのも、「御朱印代三百円」という張り紙を貼ったからである。五百円でもいいのではないかと早智子は思ったが、立花さんがまずは三百円からで、と弱気な決定をした。

多少の不満は残ったが、まあいいだろう。これでもう二度と五十円玉男は現れない。お気持ちで、のときは、五百円や千円を置いていってくれる方もいたが、おそらくそのような人は、これからも自分の気持ちで御朱印料を納めてくれるだろう。

雨に濡れた五ノ丸神社の緑が、生き生きと輝いている。外から降ってくる雨の点線が、境内の池にたくさんの波紋を作る。雨もいいねえ、としみじみする。

家から物理的に離れると、イライラすることも少なくなる。漢方が効いているのか、自分で意識しているからか、起き抜けいちばんの「全員皆殺し」の雄叫びもずいぶんと減った。「全員皆」まで口から出たところで、いったん止めることができるようになったのだ。

「全員皆……様おはようございます」

と早智子は全世界に向けて、朝の挨拶をするよう心がけている。

「梅雨らしい雨だねえ」

立花さんだ。

「ぼく、雨の日って好きなんだよね」

「そうなんですか。どういう理由で？」

早智子も雨は嫌いではないが、自転車通勤ができないことが憂鬱だ。バスが遅れることがあるので、一本早いバスに乗らねばならず、それも時間通りに来ないことが多く、自転車の倍以上はゆうに時間がかかる。

「だって参拝客が少なくて楽じゃない」

立花さんが雨を見ながら、にこやかに言った。

「はあ!?」

早智子が目をむくと、冗談冗談、と去って行った。

「ったく」

立花さんののんびりにも困ったものだ。もうちょっとやる気を出してほしいと、お気楽な後ろ姿を見据える。

雨音を聞きながら集中しておふだを書いていると、ポケットのなかでスマホが振動した。

「えっ？」

思わず声が出る。笹峰（ささみね）中学校、と表示が出ている。御朱印のお客さんがいないのを確認して、スマホをタップする。

「はい、前田です」

よそゆきの声が出た。

「笹峰中学校三年一組の担任の青葉（あおば）です。明人さんですが、体調がすぐれないということで今、保健室で休んでいます。早退したいということなんですが、吐き気と頭痛があるようなのでお迎えに来て頂きたいのですが、ご都合いかがですか？」

うっ、と言葉につまる。

「すみません。今、仕事中でして、早退できるか確認してすぐに折り返します」

通話を切ったあと、立花さんに事情を説明する。なぜ母親ばかりが仕事を切り上げなくてはならないのだろうか、という疑問はとりあえず置いておく。物理的に中学校に近いのは自分だ。

「いいよー。今日は参拝客も少ないし、御朱印は書き置きで対応するから。早く迎えにいってあげなよ」

「申し訳ないです。ありがとうございます」

こういうときばかりは、立花さんの大らかさに感謝する。学校に連絡し、迎えに行ける時刻を伝えて神社をあとにした。バスで帰宅し、家のなかには入らずそのまま車に乗り込んで、学校へ向かう。

明人は見るからに顔色が悪く、保健室から車まで移動する足元もおぼつかなかった。早智子は肩を貸した。息子とこんなに密着するのは、ずいぶんとひさしぶりだと思ったりする。すっかり大きく、たくましくなった。

ハンドルを握りながら、いったん家に帰って、少し様子を見てから病院に連れていこうと、頭のなかで予定を立てる。

ワイパーを最速にして、土砂降りのなかを運転する。最速のワイパーはいつ見ても怖い。時限爆弾みたいな気がする。同じような理由で、最速のメトロノームもそうだ。どうでもいい。

「気持ち悪……」

後部座席から明人のつぶやきが聞こえた。

「ちょっ、大丈夫？　もうすぐ家に着く……」

言い終わらないうちに、うしろから、オエェッ、と聞こえた。心配より先に、ため息が出た。見るまでもなかった。すっぱい匂いが車内に充満する。

帰宅後、明人を着替えさせてからスポーツドリンクを少し飲ませて寝かせる。熱はないようだ。

その間に車の掃除にとりかかる。盛大にやってくれたようで、座席や床面、窓にまで汚物が飛び散っている。ビニール袋、水拭き用タオル、水掃除機、アルコールスプレー……。雨足はさらに強まり、屋根のない車庫での作業で早智子はびしょ濡れになった。ツイてない。言わずにはいられない。

明人が起き出してきたところで、病院へ連れて行った。胃腸炎という診断だった。

買い物を済ませて帰宅すると、ホッとする間もなく家の電話が鳴り出した。

「はいはい、ちょっとお待ちを……」

なんの気なしに受話器を取ると、男性の声が、笹峰中学校と告げた。一瞬なんのことかわからずポカンとなる。まさか一日のうちに二度も、中学校から電話が来るとは思わない。

「サッカー部顧問の近藤(こんどう)ですう。あ、あのう、佑人くんなんですが、サッカー部の練習のときに転倒してしまって、骨は折れてないと思うんですけどお……」

「えっ？　骨折の可能性もあるんですか」

「いやあ、ただの捻挫(ねんざ)だと思いますけどねえ」

それきり黙る。この近藤というサッカー部の顧問、練習は厳しいらしいが、話していても埒(らち)があかないことが多く、保護者からの評判も芳しくない。

「ええっと、どうしましょうか？」

どうしましょうか？　とはどういうことだろうか。

「佑人は一人で帰れそうですか？」

「あのう、ですから、歩けないんですよ。捻挫ね、捻挫。だから電話したんです」

じゃあ、なぜこちらに判断をゆだねるのか。

「迎えに行けばいいんですね」

「はい、お願いします」

そのまま通話が切れた。

チッ。思わず舌打ちが出る。気を付けていたけれど、とっさのときは止めるのが難しい。そもそも、いくら小降りになってきたとはいえ、部活動をする必要があったのか。体操着はドロドロだろう。

「んもうっ」

買い物したものを冷蔵庫にしまい、再度学校へ向かう。

保健室に入ると、左足首を冷やして神妙な顔をしている佑人を見つけた。保健室の先生はすでに帰宅したのか、いるのは顧問の近藤先生だけだ。

「お疲れさまです。一応、病院に行ったほうがいいと思いますんで」

「はい」

「じゃ、佑人、がんばれよ」

かなり痛いのか、佑人は返事をするのも辛そうだ。近藤先生が保健室を出て行こうとするので、早智子は慌てて、お世話になりました、と声をかけた。

「はいー」

と、近藤先生は半分ほど振り返って間の抜けた返事をし、そのまま去って行った。

「……歩けねえ」

佑人が言う。確かに一人では歩けそうにない。早智子は、佑人の腕を取って自分の肩に回した。その瞬間、ぐぐっ、と早智子の肩が下がる。明人は、まだ自分で足を繰り出せたからよかったが、佑人は左足にまったく力が入らないらしい。

うう、重い。早智子より身長は十センチ、体重は十キロ以上あるだろう。渾身の力で休み休み、よろよろと廊下を移動する。近藤はどこに消えたのか。なぜ手を貸さないのか。気が利かないったらない。

少しだけ小降りになっていることだけが救いだった。佑人を抱えているので傘は差せない。降りしきる雨のなか、なんとか車まで行ったときにはびしょぬれで、佑人を介助した肩と腰が悲鳴をあげていた。

「このまま整形外科に行くよ」

「……うん」

痛みが強いのか、佑人にいつもの元気がない。こっちも調子が狂う。というか、早智子のほうこそ診察を受けたいくらいだ。肩と腰だけではなく、膝も痛くなってきた。日頃の運動不足がたたっている。

「足が痛いのに、ちゃんと着替えてえらかったね」

ユニフォームから制服に着替えてくれていてよかったと思い、声をかける。

「……めっちゃ濡れてたから」

「近藤先生が手伝ってくれたの？」

「自分。めっちゃ時間かかった」

近藤のやつ、足をケガした生徒を一人で着替えさせたのかよ、と鼻の穴がふくらむ。

整形外科はすばらしく混んでいた。年寄りがすべての椅子を占領している。佑人は一人で立っていることができず、ここでもまた早智子が肩を貸した。自分がめりめりと地面に沈んでいくような気がした。もう限界というところで、受付の人が気付き、佑人にパイプ椅子を用意してくれた。

　雨のせいで床が濡れており、立っているだけでも気を抜くと滑りそうだ。ここで自分が転んで捻挫でもしたら、それこそ大変なことになると思い、早智子は痛む足腰に力を入れた。

　年寄りたちは診察ではなく、リハビリに来ている人が多いようで、どんどん名前が呼ばれていき、時間を空けずに早智子も座ることができた。椅子の存在をこれほどありがたいと思ったことはない。

　名前を呼ばれて診察してもらい、その後レントゲン撮影となった。

「あー、ここね。右足と見比べてみて。ここのところ、影になってるでしょ」

「……はあ」

　先生に画像で説明されても、早智子にはあきらかな違いがわからなかった。

「これ、一応骨折ね」

　骨折？　びっくりして佑人に目をやる。佑人はほんの一瞬、早智子と目を合わせたあと、顔をしかめた。

「ギプス作るからね」

　先生が言い、看護師に指示を出す。

「いつからサッカーできますか？」

佑人が聞いた。

「様子を見ながらだけど、最低三週間は無理だろうね。とりあえず二週間後にまたレントゲンを撮って様子を見させて」

佑人が空を仰ぐ。早智子もなんと声をかけていいかわからなかった。来週、再来週と中学最後のサッカー部の試合がある。その試合に向けて、これまでずっとがんばってきたのだ。

帰りの車のなかは、お通夜のようだった。ギプスを作っているとき、佑人はしきりに目を拭(ぬぐ)っていて、看護師さんたちに、目がかゆい？　と聞かれてうなずいていたけれど、きっと悔しくて泣いていたのだろう。

「なにか食べたいものある？　スーパーかコンビニに寄ろうか？」

後部座席に向かって明るく声をかけたが、返ってきたのは、いらね、のひと言だ。

帰宅後、明人の様子を見に行こうと二階へあがると、二階のトイレから、ウエーッ、と、すさまじいえずき音が聞こえた。

「明人、大丈夫？」

吐いているようだ。扉がかすかに開いていたのでなかに入ると、明人が便座をかかえていた。背中をさすってやる。顔色が悪い。

明人をベッドに連れていってから、佑人の足のことを伝えると、まじか、と驚いた顔だったが、すぐに気持ち悪いと言って横になった。熱はないようなので、寝てもらうしかない。

一方の佑人は二階へ上れないというので、足が治るまで、使っていない一階の和室で過ごしてもらうことにした。明人の胃腸炎がうつると厄介なので、階が離れたことはよかった。

そのうちに茉奈が帰ってきた。弟たちのことを教えると、

「ひさしぶりの双子の神秘じゃん」

と返ってきた。

双子の神秘。明人と佑人が幼い頃は、二人がべつの場所にいても、同時に転んでケガをしたり、同じタイミングで発熱したりすることがよくあったが、小四ぐらいからはそういうこともほとんどなくなった。

胃腸炎と骨折。いらない神秘である。

「腹減った！　メシまだかよ！」

和室から怒鳴るような声が届く。

「なにあれ。めっちゃ機嫌悪いじゃん。いやな感じ」

茉奈があきれた声を出す。

「サッカー部の最後の試合に出られなくなっちゃったからね」

「あー、それは無念だね」

茉奈が眉を下げる。

慌ただしく夕食の支度をし、和室の明人に運んでやる。「ありがとう」も「いただきます」も言わずにムッとしたまま食べはじめる。気持ちを汲んでやって、目をつぶることにする。

「ううっ、腰が痛い……」

早智子はソファに横になって身体を丸めた。こうしているのがいちばん楽だ。

ただいま、と肩を叩かれ、目が覚めた。夫がとぼけた顔で立っていた。ソファで寝入ってしまったらしい。

「今何時？」

「八時過ぎ」

起き上がろうとすると、腰に痛みが走った。以前ぎっくり腰をやったときと同じ種類の痛みである。ヤバい、これはヤバいんじゃないか。そうっと、そうっと、用心しながら身体を動かす。

「太極拳？」

首を傾げて、夫が聞く。これのどこが太極拳なのか。返事をするのも面倒なので、腰を動かさないように注意しながら立ち上がる。

「今はいろんなエクササイズがあるよね」

本気で言っているところがおそろしい。夫の晴彦は、付き合っているときはリーダーシップのある快活な人だと思っていたが、一緒に暮らしてみたらずいぶんとのんびりした男だった。のんびりしているというか、どこかズレている。自ら家事をやることはないが、早智子が指示すれば不器用ながらも一応こなすので、大目に見てはいる。

「明人は胃腸炎で、佑人は骨折。そしてわたしはぎっくり腰になりかけ」

簡潔に伝える。

「ええっ⁉　なにそれえ、大変じゃないの」

「はい、大変です。仕事を途中で中断して帰らせてもらって、明人を迎えに行って車で吐かれて掃除して、それから内科に連れて行って、今度は佑人を迎えにいって整形外科へ連れて行きました。一人でめちゃくちゃ大変でした。今度こういうことあったら、パパが早退して迎えに行ってください」

「あ、ああ、そうだな。ママ一人じゃ大変だよね」

フンッ。行くわけないくせに、よく言う。

「ご飯は自分でよろしくお願いします。あと、佑人は一人で歩けないから、トイレ行くときとか手伝ってあげて」

「ひょー」

夫が口をすぼめて、妙な声を出す。疲れすぎたのでそのまま寝ることにする。

「あとはよろしく」

夫が、了解！　と敬礼で返した。なんだかムカついた。加味逍遙散を飲む。


次の日は、明人も佑人も学校を休んだ。早智子も腰痛が悪化して、神社の仕事を休ませてもらった。

「なによう、大丈夫？　腰が痛いんじゃ、座って字なんて書いてられないでしょ。他の人に頼むから無理しないで。しばらく休んだほうがいいよ」

立花さんに連絡すると、二つ返事で承知してくれた。今朝は起き上がることができず、朝食も作れなかった。夫が、トーストとお湯を入れるだけのコーンスープを用意してくれた。茉奈のお昼は、コンビニか学食で済ませてもらうことにする。

夫が出勤し、茉奈が学校に行っても、明人と佑人は起きる気配がなかった。早智子は、整形外科に行くことにした。腰が痛くてはなにもできない。

昨日、佑人を連れて来たクリニックに、今日は自分の診察で訪れる。今日も変わらず、年寄りたちが元気いっぱい訪れている。早智子は中腰のまま診察室に入り、尻に（しり）ブロック注射を打ってもらった。

湿布とコルセットをもらって帰る。痛みはかなり軽減された。帰宅後、YouTubeを見ながら腰痛体操をやった。縮こまっていた身体が伸びて、ようやく身体中に酸素が行き渡った気がした。

「メシー！」

和室から佑人が叫んでいる。召使いじゃないっての、とひとりごちながら、食事を運んでやる。

「どう、調子は？」

「はんっ、いいわけねーだろ」

刺激しないほうがよさそうだ。言いたいことはあるが、そのまま退散する。

二階へ明人の様子を見に行く。寝ていたようだったが、早智子が部屋に入ると目を覚ました。

「調子、どう？」

んあああ、と腕を伸ばす。

「昨日よりはマシ」

「なにか食べられそう？」

「たぶん。あとで下で食う」

昨日より顔色がいいようだ。よかった。

乾燥機から出した洗濯物をたたんでいると、家の電話が鳴った。明人も佑人も在宅しているから、中学校からではないはずだ。おそらくセールス電話だろう。それとも、姉からだろうか。参拝のお誘いかもしれない。

「はい、もしもし。前田です」

「…………」

「もしもし」

「…………」

無言電話だ。

「もしもしー、前田ですけど」

早智子が再度名乗ったところで、電話は切れた。

掃除機をかけたいところだったが、少し治ってきた腰に悪影響があったら大変なので、控える。

明人が降りてきたので、卵おじやを作ってやる。さっき作った豚キムチがあるけれど、刺激物はまだ無理だろう。

「これ食べてピーピーになったら、マジエグいぜ」

などと言いながら、卵おじやをぱくぱくと食べている。吐き気はなくなったそうだ。

それを見ていたら、早智子もひさしぶりにおじやが食べたくなり、自分の分を追加して作って食べた。

トゥルルルル　トゥルルルルル
また、家電だ。

「出ないの？」

明人に聞かれる。

「さっき無言電話だったんだよね」

「なに無言電話って？」

今どきの中学生は無言電話という言葉も知らないらしい。おれが出る、と言って明人が受話器を取る。

「ああ、バアバ？　うん、元気だよ。いや、元気じゃない、胃腸炎で学校休んでる。あー、佑人？　佑人は骨折。そうそう、よく知らないけど。ちょっと待って、お母さんに替わる」

明人がバアバ、と言って受話器をよこす。

「はい、もしもし」

「やだ、明人調子悪いの？　胃腸炎って、なにか悪いものでも食べさせたんじゃないの？　佑人は骨折ってなによ。どこを骨折したのよ」

いきなりまくし立てる。早智子は大きなため息をついた。

「双子なんだから、ちゃんと見てやりなさいよ。それよりさ、大変なのよ」

　双子なんだから、ってなんなんだ。

「お父さんがゴルフに行って転んじゃってね」

「えっ？」

「大腿骨骨折だって」

「ええーっ！　なにそれ、いつのこと？　入院してるの⁉」

「入院してるに決まってるじゃないの。こないだの日曜日よ」

　今日は水曜日だ。

「お姉ちゃんは知ってるの？　もっと早く連絡くれればいいのに」

「奈緒子のところには、今電話したところ。奈緒子ったら、仕事辞めちゃってどうするつもりかしらね。薬剤師なんてどこでも雇ってくれるのにねえ。株なんて、そんなインチキみたいなことで儲けられるわけないじゃないの。ほんと辞めちゃって、もったいないったらないわ」

　そういえば、姉は株をはじめたと言っていたっけ。資金運用で回していくらしい。早智子は、そういうことにまったくの無頓着で、ちんぷんかんぷんなので、純粋にすごいと思っている。

「そんなことより、お父さんの具合はどうなのよ」

「どうもこうもないわよ、大腿骨骨折なんだから大変よ。あんた、早く連絡してくれればいいのに、って言うけど、伝えたところですぐに来られるわけじゃないでしょ。あんたたちにはあんたたちの生活があるんだから。こっちのことはこっちで、っていつも言うじゃないの。実際、明人と佑人も大変だし」

母との会話はいつもこうだ。

「手術したんだよね？」

「当たり前じゃない。人工骨入れたのよ。まったく困っちゃうわ。これからどうしようかしら。一人でお父さんの介護できるかしら。あんたたちは頼りにならないしねえ」

「どこの病院？　何号室？」

病院と号室を聞いてメモをとる。

「こっちが落ち着いたらお見舞いに行くわ」

「はいはい」

あっさりと電話は切られた。

今、実家にいるのは父と母の二人だけだ。早智子が小学三年生のときに建てた家。それまでは二部屋しかないアパートだったから、庭付きの二階建ての家はとてもうれしかった。

姉妹それぞれの部屋まであって、友達を呼べるようになったことが誇らしかった。築四十年経った今は、すっかり色あせてしまったが、早智子が結婚で家を出るまで住んでいた。

実家に行ったのは今年のお正月。それ以来、顔を出していない。父は六十歳で定年退職し、その後、嘱託社員として六十五歳まで勤めた。現在七十九歳。来年は八十歳。八十歳と聞くと、確実に老人という気がして、父のことながらギョッとしてしまう。

今は趣味のゴルフや民生委員などをして、気ままに過ごしているが、まさか転倒して大腿骨骨折とは……。親の介護なんて、まだまだ先のことだとたかをくくっていたが、いよいよ近づいてきた感がある。

早智子も奈緒子も嫁に出てしまったが、姉の奈緒子は離婚して旧姓に戻した。きっと、姉が実家のお墓に入ってくれるんじゃないかと、うっすらと思っている。

そこまで考えたところで、早智子は、うわーっ、と耳をおさえた。なぜ急に墓が出てくるのか。姉の離婚も旧姓に戻したことも関係ないではないか。早智子は自分の身の内に、暗に両親の介護を姉に任せたいと思っている、ほの暗い気持ちがあることに気付かされた。

最低だな自分、と思いつつ、

「だってえ、母と気が合わないんだもーん」

と、一人頭を抱えて悶絶する。

「お母さん、なにやってんの」

明人に声をかけられ、我に返った。

「ジイジ、転んで大腿骨骨折だって」

「大腿骨ってどこ」

早智子はため息をつきながら、自分で調べなさいと返した。

翌日、明人と佑人は無事、登校することができた。早智子は二人を学校へと送っていった。佑人が松葉杖に慣れるまでは、しばらく車で送迎しなければならず、朝の慌ただしさは上増しされた。加味逍遙散で乗り切るしかない。

早智子は大事をとって、今日も神社の仕事を休みにしてもらっていた。腰はだいぶよくなっているが、まだじくじくと痛む。リハビリのつもりでゆっくりと家事をこなしていると、また家電がなった。また、というのは、昨日もあれから三度も無言電話があったからだ。

「もしもし、前田です」

「…………」

こちらから電話を切るのもしゃくな気がして、早智子は受話器を外したまま掃除機をかけることにした。通話料がかかるだろうから、そのうち切るだろう。一階の部屋に掃除機をかけ終わったところで、受話器があがっている電話に気付いた。掃除機をかけている間に、すっかり忘れていた。受話器を手に取って、一応耳に当ててみる。

ひいっ。

ぞわっと全身に鳥肌が立ち、すぐさま受話器を置いた。脈打つ心臓を押さえる。

受話器から、息づかいが聞こえてきたのだ。掃除機をかけていた時間は十五分ぐらい。その間ずっと電話を切らずに、こちらの様子をうかがっていたのだろうか。悪寒が走る。気味が悪い。誰？

子どもたちは学校に行っている時間帯だから、子どもの友達ではないだろう。連絡はすべてスマホだから、そもそも家の電話番号なんて知らないはずだ。ＰＴＡも仕事も、今はすべてスマホだ。となると、残すは夫関連か。

「もしかして、女だったりして」

うちの夫に限って浮気（うわき）なんてありえないとは思うが……、いや、百パーセント完全に絶対なんてことは、この世にない。

いやいや、でもまさか。だって浮気って、男女の色恋沙汰（ざた）のことだよね？　そんなことを、あの夫がしているとは到底思えなかった。

早智子と夫の晴彦が恋愛をしていたのは、はるか彼方（かなた）、億万光年昔のことだ。付き合っていた当時はどきどきわくわくとときめいていたはずだったが、今となっては、同居している親戚のような存在である。まあ、それが世にいう夫というものだろう。もちろん、なかにはラブラブだという稀有な夫婦もいるだろうけれど。

って、そんなことより、夫の浮気疑惑についてだ。夫の見た目は十人並みだが、外見の好みというのは千差万別。晴彦のような、平安時代にモテそうな、うりざね顔の公家顔が好みだという人もいるかもしれない。夫のおそろしいほどの優柔不断ぶりを、穏やかでおおらかと捉える人もいるかもしれない。

夫が帰宅したら、単刀直入に聞いてみよう。本当は今すぐにでも夫に電話をして詰問したかったが、アラフィフ社会人として我慢した。

ふいに、世の妻たちは、夫の浮気疑惑にどう対処しているのかと考える。直接問いただしたりしないで、しばらく様子をみる感じだろうか。それとも、寛大な心で浮気のひとつやふたつは許すのだろうか。

いやいやいやいや、面倒すぎる。とっとと聞いて、さっぱりしたい。と、ここで早智子は「はて、さっぱりとは？」と自問する。夫が実際に浮気していたら、自分はどうするのだろう。許す許さない？　離婚する？　いやいやいやいや。まだ浮気かどうかもわからない。

トゥルルルルル　トゥルルルルルル

早智子はすうっと大きく息を吸ってから、ハッ、と勢いよく吐き出し、受話器を取った。

「…………」

なにも言わずに、耳を澄ます。

「…………」

向こうも無言だ。早智子は勢いよく受話器を置いた。相手にしているヒマはない。買い物に行こうと手提げを手にしたところで、また電話が鳴った。

「…………」

「…………」

無言の攻防。電話を切ろうと受話器を耳から離したところで、カサッと物音が聞こえた。受話器を耳に押し当てる。ザザッ。なにか聞こえる。早智子はしばらく耳を澄ました。

「……あ」

声！　声が聞こえた！　早智子は胸元を押さえた。

「……あの」

無言電話の主がついにしゃべった！　心臓がばくばくしている。

「……もしもし」

女だ。

「もしもし?」

なんとなく裏声っぽい。名前を特定されないように声色を変えているのだろうか。

「もしもし?　聞こえてるんですか?」

なぜか上から目線で問われる。早智子は大きくため息をついてから、はい、と答えた。

「あなたが晴彦さんの奥さんですか?」

早智子のこめかみがピクリと動く。夫のことを名前で呼ぶ女など、浮気相手しかいない。

「何度も無言電話をかけてきたのはあなたですか?」

と早智子は聞いた。こちらが緊張して遠慮する必要はない。

「あなた、誰ですか?　どういうつもりですか?　犯罪ですよ」

法的なことは知らないが、早智子にとっては充分犯罪である。

「……中津川といいます」

意外にも素直に名乗る。

「どちらの中津川さんですか?　ご用件は?」

「あ、あの、晴彦さんの奥さんですか」

二度目。なんなんだ、こいつ。

「はい、わたしが前田の妻ですが」

早智子は動揺を気取られないように、ワントーン高い声で名乗った。

「前田とはどういう関係ですか？」

「関係って……」

と、中津川は半笑いで言い、そのあと、ふふっ、と笑った。早智子は鼻の穴をこれでもかというくらい広げて息を吸い込み、気付かれないように口を受話器から外してしずかに吐き出した。

「晴彦さんとは職場が一緒で、大変仲良くさせてもらっています」

「それはどうも。こちらこそ大変お世話になっております」

間髪を容れずに返した。

「それでご用件は？」

「奥さんの声が聞きたくて電話しただけです。どんな声してるのかなと思って」

ムキーッ。なんなの、こいつ！

「聞いてます？」

「はい」

「晴彦さんによろしく伝えてほしくて」

挑発してる！　早智子は大きく息を吸い込んだ。

「中津川さんはお仕事をお辞めになったんでしょうか？　今は勤務時間だと思いますけど」

「今日は休みました。晴彦さんも休んでると思いますよ」

ここでまた、ふふっ、と笑う。おおかた、晴彦と一緒にいるとでも言いたいのだろう。その手に乗るか。

「お電話があったこと、夫に伝えておきます。夫に用事があるのなら、直接夫の携帯に連絡してください。今度うちに電話をかけてきたら警察を呼びますよ。では、失礼いたします」

夫、を連呼してやった。先に切るのはしゃくだったが、あとから切るほうがもっとしゃくなので、さっさと受話器を置いた。

「あのやろぉ！」

まさか本当に浮気してるとは！　しかも、その浮気相手から電話がかかってくるとは！

「ゲスすぎる！　クソがっ！」

夫も中津川も許せない！　死ね死ね死ね！　早智子は鼻息荒いまま、加味逍遙散を服用し、我慢できずに夫にＬＩＮＥを入れた。

——中津川から電話あり。無言電話数十回！　どういうことよ！　今すぐ説明して！

怒りに任せて送った。回数は少し盛らせてもらったが、おおいに妻の怒りを感じるがいい。

昼にようやく既読になり、夫から返事がきた。

——どこから書けばいいのかわからないけど、申し訳ない。

そのあとに、ウサギが手を合わせて謝っているスタンプが届いた。

「なに、このお気楽なスタンプ！　どういう神経よ！」

——帰ってからたっぷり聞かせてもらう。覚悟しとけ。

——了解！

続けて、ウサギが「ＯＫＡＹ！」のステッカーを掲げているスタンプが届いた。

「バッカじゃないの！」

どれだけお気楽なんだ。加味逍遙散は効きそうにない。

早智子はカッカしながら、カップラーメンを一気に食べた。汁まですべて飲み干す。こういうときのカップ麺はやけにおいしい。

コーヒーメーカーに残っていた、朝のコーヒーをマグカップに入れてレンジであたためる。

「あつッ！」

とっさにマグカップを持った手を離した。気分を変えようと、いつもと違うカップにしたのが失敗だった。取っ手の部分に金が施してあった。電子レンジの熱でものすごく熱くなっていたのだった。気付かずに、しっかり握ってしまった。早智子はいそいで水道水で冷やしたが、中指がひりひりと痛む。水ぶくれになりそうだ。

トゥルルルル　トゥルルルル

また電話だ。早智子は猛然と電話に向かっていった。眉間（みけん）を寄せすぎてまぶたが痛い。

「あなた一体なんなんですか！　本当に警察に連絡しますよっ」

受話器を取った瞬間にまくし立てる。これでは中津川の思うつぼだと、頭ではわかりながらも怒りにからめ捕られてしまう人間の弱さよ……と、そんなことまで一気に思う。

「……さっちゃん？」

「なによ！」

「えっ？　さっちゃんだよね？」

「……やだ、お姉ちゃん」

電話をかけてきたのは、姉の奈緒子だった。

「どうしたの？　なにかあった？」

「お姉ちゃん！　ちょっと聞いてよ！」

早智子は勢いのまま、夫と中津川のことを話した。姉はとても驚いていたけれど、晴彦さん本人に聞いてみなくちゃわからないことだから、と言葉をにごした。

早智子は続けて、明人の胃腸炎と佑人の骨折についてまくし立て、自分の腰痛と、今負ったばかりの中指の火傷（やけど）についてもぶちまけた。

「ほんっとツイてない。立て続けに悪いことばっかり。こんなことってある？　自分でも信じられないくらい。それに聞いたでしょ？　お父さんの大腿骨（だいたいこつ）骨折のこと」

「そう、そのことで電話したのよ。明日にでもお見舞いに行こうと思って」

「わたしはちょっと無理だわ。こっちのことが落ち着いてから行く」

「うん、そのほうがいいね」

その後姉は、火傷の処置について詳しく教えてくれた。姉と話して、早智子はようやくほんの少しだけ落ち着くことができた。

夫は六時半に帰ってきた。定時であがってきたらしい。

「まったく困ったもんだよう」

ただいまも言わずに、半笑いでリビングに入ってきた。早智子はあごをしゃくって、まず着替えてこい、と目だけで指示を出す。

「茉奈、明人、佑人。今日は忙しくて、それに指に火傷までしちゃって、夕飯の用意できなかったの。三人で外で食べてきてくれない？」

子どもたちがいたら、とてもじゃないけど、夫の浮気(うわき)について話すことなどできない。

「やったー！」

早智子の作るものより外食のほうがいいらしく、三人で嬉々(きき)として近くの焼肉食べ放題店へと向かった。佑人もこういうときばかりは、松葉杖(まつばづえ)での移動もおっくうではないらしい。

「そこに座ってください」

「……はい」

早智子が本気で怒っているとようやく理解したらしく、夫は殊勝に返事をして椅子に座った。

バンッ

早智子はテーブルの上に両手を置いた。夫の肩がびくっと持ち上がる。

「中津川さんって誰ですか！　昨日から無言電話数十回。今日は自ら名乗って、晴彦さんとは職場が一緒で大変仲良くさせてもらっています、と言ってました。どういうことでしょうか？　わたしにわかるように、きちんと説明してください。場合によっては離婚させていただきます」

なぜか敬語になってしまった。

「ええっ⁉　なに離婚って！　ママ、大げさだよ」

なにをヘラヘラしてるんだ、このクズが！　早智子はもう一度、バンッとテーブルを叩いた。

「ちゃんと説明しろい！」

今度はなぜか時代劇風になってしまう。

「そんなに怒らないでよ。あのね、中津川っていうのは、うちに出入りしていた業者さんで、何度か食事に行ったけど、今はもう出入りしてないし、もちろん会ってないよ。中津川は仕事を変えたらしいから」

「二人きりで食事にいくこと自体がアウトなのよ！　いい歳してそんなこともわからないの！　中津川がうちに電話してくることがおかしいじゃない！　なんで家にかけてくるのよ！　なんで電話番号を知ってるのよ！」

「さあ、なんでだろう……」

　しらじらしく首を傾げる。

「浮気してたんでしょ！　はっきり言いなさい」

「す、するわけないだろっ」

「中津川は匂わせてましたけど！」

「向こうが勝手に言ってるだけだよ」

「勝手に言ってるだけで、家に電話してくるわけないでしょ！　わたしの声が聞きたくて電話したって言ってたわよ」

　夫は頭を抱えて、ああー、となった。

「実は前に、告白されたんだよね……」

　早智子が目をむくと、もちろん断ったに決まってるだろ、と返ってきた。

「五十を過ぎた初老の男が、告白されたとか言わないでよ！　キモい！」

「ちょっと、初老とか言わないでよ」

　そこはどうでもいいだろ。

「……あいつ、あきらめられないのかなあ」

　夫が遠い目をしてつぶやく。早智子は怒りを通り越して呆れた。今がどういう状況かわかっているのか。

「もういい。中津川と関係があったのかどうかだけ言えばいいから」

「関係……？　え？　ハハハ、いやだなあ、勘違いしないでよう」

ここで笑えることが信じられない。

「浮気してたのかどうかだけ言ってください。他は聞きたくないです」

「だから、するわけないって」

半笑いで答える。とても信じられない。

「だって、中津川って男だよ」

は？

「悪いけど、おれの恋愛対象は女性だけだからって断った」

「女性の声だったけど」

「ああ、声は高めかもね」

しばし思考停止する。男？　どういうこと？

「だから、ママが心配することないんだって」

心配することない……？　それも、おかしくないか？　頭のなかを整理する。

「ねえ、性別関係なくない？　中津川はあなたに好意を持っていて、フラれた腹いせにうちに無言電話をかけて、わたしに圧をかけてきたんだよ。男も女も関係ないよね？　それとも、中津川が女だったら体の関係があったわけ？」

「い、い、いや、いや、そ、そんなわけないだろ」

なにをあせっているのか。

「とにかく、わたしをいやな気分にさせてストレスをかけたのは、中津川とパパだから。好意を持たれたことはしょうがないけど、断り方が悪いのよ。だから、自宅にまで電話をかけてきたんでしょ。責任感なさすぎ！　もっとちゃんとしなさいよ」

なんにせよ、夫がよくない。中津川もよくないけど、まず夫がだめな気がする。

「実家のお父さん、転んで大腿骨骨折したんだよ。それなのに、なんでこんなことでイライラしなきゃいけないのよ！　佑人の送り迎えだってあるし！　わたしも腰まで痛めてさ！　中津川の電話のせいで火傷までしたのよ！　いろんなことがめっちゃ忙しいんだよ！　そういうこと、あなたはわかってるの？　家中に掃除機かけるのだって大変なんだから！　ったく、自分のケツぐらい自分で拭きなさいよ！　風呂掃除やトイレ掃除もどんどんやれ！　今日から、風呂掃除とトイレ掃除はパパの仕事だから！」

話がそれた。自分でもわけがわからない。

「お、お義父さんは大丈夫なの？」

「家の中がゴタゴタしてて、お見舞いにも行けないわよ！　もうっ、パパばっかり好き勝手やってさ！　わたしだって自分の時間が欲しいわよ！　これからはわたしも好きなことするから、わたしが留守のときは家のことは全部パパがやってよ！　子どもたちのことも！　いいわね！　約束よ！」

「あ、ああ、うん、わかった」

どさくさまぎれに、いろいろと約束をとりつける。

「中津川には二度と電話するなって、ちゃんと言っといてよ！」

「わ、わかった」

「あ、やっぱりだめ！　中津川には連絡しないでいい。さらに面倒なことになりそうだから」

早智子の言葉に夫がうなずく。

「……あ、あの、おれの夕飯は？」

「はあああっ!?　あなたってほんっと、お気楽だよね！　こんなときになにが夕飯よ！　用意してるわけないでしょ！　あなたのせいで指を火傷(やけど)して、料理なんてできないわよ。っていうか、わたしもお腹空(す)いた。腰が痛くて動けないんだから、なにか買ってきてよ！」

「わ、わかった」

夫は財布を持って、いそいそと家を出て行った。

ふうーっ。

早智子は大きく息を吐き出して、ソファに腰かけて腕を広げた。脱力。想像していたいちばん最悪の事態ではなかったようだ。浮気はしていなかった（と思いたい）。相手は男だった。浮気に性別は関係ないが、気が楽になったことは事実だ。同性だったらいろいろと比べられて萎えるところだ。

しばらくして、夫が帰ってきた、

「ただいまー。お弁当、二割引だったよ」

いくら二割引だったとはいえ、笑顔での帰宅はおかしい。

「鮭弁当とカルビ丼。ママはどっちがいい？」

早智子は無言でカルビ丼を指さした。夫が一瞬残念そうな顔をしたのを見て、溜飲が下がる。おおかた、カルビ丼は自分用、鮭弁は早智子用に買ってきたのだろう。だったら、どっちがいい？　なんて聞かなければいいのに。

フンッ、これくらいの意地悪はいいだろう。早智子はどちらかというと、鮭弁が食べたかった。カルビは胃がもたれる。でも、意地でもカルビ丼を食べてやる。

テレビをつけると、動物が出てくるバラエティ番組をやっていた。二人でインスタントみそ汁を飲んで、互いに好みではない弁当をぼそぼそと食べた。

「厄除けしなきゃだわよ、さっちゃん」

きた。

二日後、姉からかかってきた電話で、夫の浮気の顛末を話したところ、そう返って

「厄除け？　そういう問題？　うち、誰も厄年じゃないんだけど」

「厄年じゃなくても、悪いことが重なるときがあるのよ」

確かに、明人、佑人、父、夫、と良くないことが立て続けに起きた。そしてその影響をもろに受けたのは、早智子である。

「男ばっかり」

ため息交じりにつぶやくと、ほら、と姉が合いの手を入れるように声を出した。

「一家の男からふりかかっていくんだよね、こういうのって」

「そういうものなの？」

「毎日知らず知らずのうちに、邪気はたまるからね」

「邪気？」

邪気っていうのはね、と姉は話しはじめた。日々生活をしているうちにたまった「よくない気」のことで、どんなに気を付けていてもたまってしまうらしい。

人と接するとどうしても、なにかしらの影響を受ける。良い影響ばかりではなく、ネガティブなほうに感情が動くこともある。人とすれ違うだけでも影響を受けることがあるらしく、そういうものを全部ひっくるめて、邪気と呼ぶそうだ。

「お母さんにも頼まれたのよ。お父さんが、八方除けしてきてほしいんだって。骨折したから気弱になってるのかもね」

「八方除けって、寒川さん？」

「そう、行くわよ、寒川神社へ！」

姉の勢いにのせられて、早智子も行くことになった。


「気持ちいいー！」

早智子は、今年いちばんというほどの大きな深呼吸をした。見事な青空が広がっている。深呼吸をもう一回。ふうー、はあーっ。身体中の細胞が一新されるような気がする。

神奈川県、高座郡にある寒川神社である。県内に住む人たちは、親しみを込めて寒川さん、と呼んでいる。

早智子にとっては二度目の来訪となる。以前訪れたのは、夫が四十二歳のときだ。もう九年前になるだろうか。同僚から、寒川神社の八方除けがいいと聞いたらしく、厄年のご祈禱(きとう)をしに行ったのだ。

つまんなーい、かえりたーい、とご祈禱中にわざと大きな声で騒ぐ明人と佑人を、おとなしくさせるのが大変だった記憶しかない。

今日は姉と、寒川神社で待ち合わせをしている。互いの家のまんなかくらいに寒川神社があるので、それぞれ車で行くことになった。

約束の時間より早く着いた早智子は、神池橋を渡り、まっすぐ伸びた参道をのんびりと歩き、手水舎（ちょうず）で手と口を清め、思わず惚（ほ）れてしまいそうなほど立派な狛犬（こまいぬ）に挨拶（あいさつ）をし、神門を抜けてきたところだ。

早智子は今、目の前にある本殿を拝しながら、広々とした広場の真ん中に立っている。

人はそれほど多くない。早智子が大きく手を広げて深呼吸していても、気に留める人はいない。なんたる晴れ晴れしさか。

「ふーっ、ひーっ、ふーっ」

ラマーズ法のように呼吸をしていると、

「いいですよねえ。気持ちいいですよね」

と、見知らぬご婦人に声をかけられた。

「どれどれ、あたしも」

と、ご婦人が大きく腕を回し、ふうーっ、はあーっ、と空を仰ぐ。二人でそろって、もう一度深呼吸をしてから、軽く会釈し合って別れた。

拝殿で手を合わせ、家族が健康で過ごせますように、佑人の足が早く治りますように、中津川からもう二度と連絡がきませんように、と祈る。しばらくそうしていると、目のあたりがじーんとしてきた。すんでのところで涙ぐみそうになる。三嶋大社でも感じた、この現象はなんだろうか。心と頭がファーッとするのだ。ファーッと。

お参りを終えて、境内を散策する。拝殿の右手に天体の位置や星を観測する器具があった。四隅に龍が配置されている。星の運行は方角を教えてくれるだけではなく、国家の命運、暦の作成、吉凶占いなど、昔はさまざまな役割を担っていたらしい。

勉強になるわー、と自分に言い聞かせるようにつぶやく。

おみくじが何種類かあり、せっかくなので「八方除おみくじ」というものを引いてみた。小吉だった。

――一見、平凡に見える中に未来の幸せあり。日々、努力を怠らず感謝の心と笑顔を絶やさず誠実な行いを心がければ運が開ける――

パッと目に飛び込んできた言葉は、それだった。平凡……？　息子たちの病気やケガや、夫の浮気騒動も平凡に入るのだろうか。しばらく考え、平凡かもね、と結論づける。明人も佑人も元気だし、夫とも離婚せずに暮らしている。

願望――強い意志があれば叶(かな)う
仕事――地固めのとき。真面目に取り組むこと
恋愛――相手が本当に喜ぶことは何か考えましょう

などと項目ごとに書いてあるが、なんだか心に刻まれない。

健康——信心し、療養すること
と、ここだけは、しっかとうなずいた。

「とりあえず、感謝の心と笑顔を絶やさず、がんばろうっと」

声に出し、ニコッと意識して口角を持ち上げたところで、さっちゃーん、と声がした。

「ごめんごめん！　渋滞してて遅くなっちゃった」

姉が大きく手を振りながら、走ってきた。

「さっちゃんはもうお参り終わったよね。わたし、手を合わせてくるね」

「ごゆっくりー」

「はーい」

早智子は太陽に手をかざしながら、改めて大きく息を吸い込んだ。日焼け止めを塗るのを忘れたことは痛恨すぎたけれど、シミができてもいいと思えるほどに気持ちがいい。梅雨明け宣言はまだだけど、もしかしたら今日かもしれない。だって、空の色がもう夏だ。

「ほんと、気持ちいいねえ。しかも、今日すごく空いてる」

お参りを終えた姉が、横に来て言う。普段は多くの参拝客でにぎわっているらしい。

「さあ、お父さんのご祈禱の申し込みに行こうか。わたし、寒川さんのご祈禱大好きなんだよね」

頻繁に訪れているわりに、やけにうれしそうな姉である。

そういう早智子も、ご祈禱の申し込みをする客殿に入ると、俄然乗り気になった。祈願の例を見ていると欲がむくむくと出てきて、どれもこれもと申し込みたくなってしまう。商売繁昌、心願成就、学業成就、無病息災、家内安全……いやいや、やはりここは「八方除」だろう。

前田家の代表として晴彦の名前を書いた。まずは、夫の邪気をきれいさっぱり祓ってもらいたい。

「神職さんに父のことを話したら、病気平癒を勧められたわ。寒川さんは祈願者の話をちゃんと聞いて、いちばん合った祈願を教えてくれるから、ほんとありがたいよ。父が入院している病院名と部屋番号まで聞かれたわ」

母からは八方除けを頼まれていたけれど、病気平癒祈願にしたそうだ。父もそのほうが喜ぶだろう。

「さっちゃんは、八方除けで正解よ」

確かに四方八方から、立て続けに面倒なことが起きた。八方除けしかない。

案内には、「八方除とは、地相・家相・方位・日柄などに起因するすべての禍事・

災難を取り除き家業繁栄・福徳円満をもたらす、寒川大明神の全国唯一の御神徳」とある。

大難は小難に、小難は無難に、そして吉事は最大に。ぜひとも寒川大明神さまに、八方除けをお願いしたい。

待合室で待ったあと、番号を呼ばれて本殿に案内された。

シャララララララ　シャララララララ

神主さんが、連なった大きな鈴を鳴らす。びっくりするほど気持ちのいい音に、早智子は目をみはった。清涼な音が空間に広がって、身体中の細胞が一新されるようだ。ほうれい線や目尻のしわも薄くなりそうな気がする。

ご祈禱をする人の住所と氏名が読み上げられる。宮崎県、福島県など、ずいぶん遠くから来ている人もいて感心する。そのうちに晴彦の名前も呼ばれ、早智子は、神妙な心持ちで頭を垂れた。父、千賀邦夫の名前と、父が入院している病院名と部屋番号も読まれた。ここまでしてもらえたら、必ずや願いは届くだろう。

授与品を頂き、外に出た。なんだか妙にすっきりしている。頭も体も実にクリアだ。

「すばらしかったねえ」

瞳をキラキラさせて姉が言う。早智子もおおいにうなずく。九年前、ご祈禱に訪れたときとは、感じ方がまったく違った。あのときはご神域の雰囲気も感じられず、鈴の音すら記憶にない。

「さっちゃん、神嶽山神苑に行こうよ」

「か、かんたけ……？　なにそれ、どこ？」

「授与品のなかに、入苑券が入ってたでしょ」

「あ、ああ、これのこと？」

神嶽山神苑入苑券。そういえば授与品をもらうとき、神職の方がこの券について、説明してくれたっけ。

「こっちこっち」

慣れた様子で姉が案内してくれる。

神嶽山神苑は、本殿の奥にあった。こんな場所があることを、早智子はまったく知らなかった。夫の厄除けのときも、入苑券をもらったと思うが、まるで覚えがない。

門を入っていくと、すぐに泉があった。

「この泉は神聖な場所なんだよ」

と姉が言う。二人で手を合わせる。

小道を抜けると、美しい庭園がいきなりあらわれ、思わず息を呑む。こんな場所があるなんて、まったくの驚きだった。きらめく新緑と滝が流れる池。

姉に案内され、茶室に入る。お抹茶セットがあり、好みのお菓子を選んだ。姉は上生菓子、早智子は寒天寄せだ。

窓側の特等席がちょうど空いていた。大きなガラス窓から、庭園の全景が見える。初夏の緑が美しく、見ているだけで視力がよくなりそうだ。さんさんと届く太陽の光が、まるで宝石をちりばめたみたいに池の水面（みなも）を輝かせる。

「素敵なところねえ、ため息が出ちゃう」

「でしょ。わたしは寒川さんに来るたびに八方除けしてもらうから、毎回入苑してるよ」

「そんなにしょっちゅう来てるの？」

「三、四ヶ月に一度くらいかな。邪気って、知らないうちにたまってるからね」

姉は大変信心深い。

お抹茶とお菓子が届いた。透明な水色の寒天にあずきがちりばめられている、寒天寄せ。清涼感満載の夏のお菓子だ。姉の上生菓子は、萩（はぎ）のモチーフ。庭園の緑と相まって美しさ倍増だ。

さっそく早智子は、寒天に丁寧に楊枝（ようじ）を入れた。ほどよい固さと弾力の寒天生地と、なかに入っている、しっとりとしたあずきのハーモニーがたまらない。控えめな甘さだからこそ、甘みを存分に感じられる。

お抹茶を口に含み、上品な苦みを堪能(たんのう)しながら、庭園を眺める。まさに至福のとき。

ふうっ、と肩の力が抜ける。わたしという人間は、どうしてこう、あくせくと生きているのだろうと、早智子はアホらしく思う。家で慌ただしく過ごす時間と、今こうしてお抹茶を頂いて庭園を眺めている時間が同じ分量だとは、到底思えない。同じ時間なら、心地よく過ごすほうがいいに決まってるのに。

「意識を丹田に持っていくといいよ」

五ノ丸神社の立花さんが、よく言う言葉をふいに思い出す。これまでそう声をかけられても、なんのこっちゃと思ってスルーしていたけれど、そういえば、幼い頃に通っていた書道教室の先生も同じようなことを言っていたっけ。頭で書こうとしたらいけないよ、お腹で書くんだよ、と。そのつど早智子は「先生、字は手で書くんだよ」と、生意気にも返していた。

早智子は、頭に居座っている意識を、へその下におろすことを試みた。

スーッ

と、意識を頭からへその下へ。すると、あら不思議。たったこのくらいのことで、ずいぶんと落ち着いた心持ちになった。

夫の一件ですら、ひどく些末(さまつ)なことに思えてきて、にわかに中津川に同情する気持ちまで湧いてきた。あんな煮え切らない夫を慕ってくれたんだなあ。無言電話をかけてしまうほど追い詰められていたんだなあ。切ないなあ。よくがんばったね、大丈夫だよ、と中津川の背中をなでてやりたいほどだ。単純極まりない早智子である。

「ずっといたくなるよね。お抹茶もお菓子も最高。あと、もう三杯くらい頂きたい気分よ」

うっとりと庭園を眺めながら姉が言う。

「普段、上生菓子なんて頂く機会めったにないから、本当にありがたいよ。家で食べたとしても、ポイッて、ひと口だもの。こんなふうに、立ててくれたお抹茶と一緒にたのしませてくれる、この環境がすばらしいよね」

うんうん、とうなずく。

「わたし、なんだか気持ちが落ち着いてきたよ。今、意識を丹田に落とし込んだところ」

「丹田！　さっちゃんから丹田って言葉を聞ける日が来るなんてねえ」

「わたしだって、丹田くらい知ってるんだから」

そう返しつつ、実はあまりわかっていない。

「わたしも日々、丹田を意識するように心がけてるよ。自然と下半身に力が入るから、電車やバスが揺れてもよろけないんだよね」

へえ、そうなんだ。きちんと意識するよう心がけようと思う。

「そうだ、お姉ちゃん。火傷(やけど)のこと、どうもありがとう。言われたとおりにやったら、水ぶくれにもならずに済んだよ」

痛みもすっかりなくなった。

「腰はどう？」

「ちょっとまだおかしい感じ」

病院に行くほどではないけれど、いやな感覚はまだ抜けていない。

「あ、そうだ。お父さんの具合はどうだった？」

「うーん、思ったよりは元気だったかな。っていうか、お母さんが隣でずっと関係ないことをしゃべってるから、お父さんとはあまり話せなかったの」

容易に想像がつく。父と母はまったく性格が違うし、気が合うとは思えないけれど、それでも、日を開けずにお見舞いに行ってくれる母には感謝しかない。

そのうちにお客さんが何組かやってきて、早智子たちは名残惜しさを残したまま茶室を出た。

姉は、通常の御朱印帳のほうに御朱印を書いてもらった。来るたびに書いてもらっているそうだ。あとから御朱印帳をめくって、そのときどきのお参りを思い出すのがたのしいらしい。

売店に一の宮専用の御朱印帳が置いてあり、なんとなく欲しい気もしたが、やはりやめておいた。早智子の性格からすると、参拝よりも御朱印目的になってしまいそうだし、御朱印帳を忘れでもしたら、たいそう悔しがるだろう自分が目に浮かぶ。なにより、誰かが書いてくれる書を手に入れるより、自分が誰かのために納得できる書を書きたかった。

帰りがけ、「八福餅（はちふくもち）」をお土産に購入した。三嶋大社で買った「福太郎」同様、縁起がよさそうでつい買ってしまう。餅とあんこの組み合わせは最高だ。

実家用のご祈禱（きとう）のおふだを、姉から預かった。次の休みに父のお見舞いに行く予定なので、そのときに渡そうと思う。明日からは五ノ丸神社の仕事復帰だ。早智子が休んでも休まなくても問題はないけれど、早く筆を握りたい。

姉と二人、鳥居で振り返り、しっかりとおじぎをして寒川神社をあとにした。

「おお、ひさしぶりだな、早智子。元気だったか」

病室に顔を出すと、父は読んでいた雑誌を閉じて手を上げた。

「どう、調子は？　大腿骨骨折（だいたいこつ）だなんてびっくりしたよ」

「ハハ、まったくまいったよ。段差に気付かないで、すってんころりだよ。おれももうろくしたもんだ」

「ほんと、気を付けてよ。歩けなくなると一気に老化が進むからね」

「おどかすなよ。まったく、早智子は遠慮がないなあ」

「ごめんごめん」

介護を懸念して、つい本音が出てしまった。

「明人と佑人は大丈夫か？」

母から胃腸炎と骨折のことを聞いているのだろう。

「明人は元気になったけど、佑人はまだギプス」

「ジイジと一緒かあ。はっはっは」

「笑い事じゃないわよ。佑人は若いからすぐに治るけど、お父さんは致命傷じゃない」

と言ってしまってから、慌てて口を押さえる。

「あはは、早智子は、子どもの頃から正直者だな」

やさしく、おおらかな父。思ったことをすぐに口にしてしまう早智子は、子どもの頃から父の寛容さに、ずいぶんと助けられてきた。

一方の母は、単刀直入にいうと自分本位な人だ。自分でどんどん決めるわりに文句を言うタイプで、そのくせ四角四面なところもあり、早智子も奈緒子も振り回されてきた。そのたびに父が、まあいいじゃないか、なんとかなるさ、と取り持ってくれた。

「お父さん、長生きしてよ」

「なんだよ、急に。介護が心配になったのか？　お前たちには世話にならん……」

「そんなこと言ってるんじゃないよ。本当に長生きしてほしくて」

と、口にしたら涙が出そうになった。父には長生きしてほしかった。まだまだ元気で、はつらつとしていてほしい。同世代の友人たちの親は、すでに亡くなっている人も多い。それなのに早智子は自分の父が亡くなることを、これまで考えたことはなかった。親というものは、当たり前にずっと生きているものだと思っていた。

「お父さん、リハビリがんばってね。健康でいてくれなきゃ困るよ。一緒に旅行こう」

「はいよ」

「こないだお姉ちゃんと寒川神社に行って、ご祈禱してもらってきたよ。お父さんのこと話したら、八方除けより病気平癒祈願がいいんだって。きっとすぐによくなるよ」

「ありがとうな」

と、にっこりと笑う父を見て、元気で長生きしてください、と心から願った。

お見舞いのあと、実家へ顔を出した。

「なんで先に連絡をよこさないのよ。わたしがいつでも家にいると思ってるんでしょ。わたしだって、そんなにヒマじゃないのよ。まあ、今はたまたまいたからいいけど。それに、お父さんのお見舞いに行くなら、ひとこと声をかけてくれればいいじゃない。わたし、これから行こうと思ってたのよ」

実家の玄関先で父の見舞いに行ってきたことを告げると、母が一気に言い募った。

「いつまでそんなところに突っ立ってるのよ。早くお入りなさいよ。なに飲む？　お茶でいい？　コーヒー？　紅茶？　コーヒーはインスタントだけど」

言いながら台所に消えていく母の背中を見ながら、早智子は小さくため息をつく。

「いつもきれいにしてるね」

家はちりひとつなく片付いていた。母のきれい好きにはいつも感心する。

「誰もやってくれる人いないんだから、わたしが掃除するしかないじゃない。老体に鞭打ってやってるのよ、辛いわー」

前は母の言うことにいちいち反応して、ケンカになっていた。けれど言い争っても、早智子ばかりがカッカして疲れるだけで、母はのらりくらりとあげ足を取るような態度なので、ほとほと疲れてしまう。親と思うから意地になってしまうので、スーパーですれ違うおばさんだと思うようにしている。

「はい、これ。お姉ちゃんと行ってきたよ」

寒川神社のご祈禱のおふだを渡す。

「病気平癒にしてくれたのね。これは、お父さんがよくいる和室に置いておくことにするわ」

そう言って、おふだに向かって手を合わせた。母は母なりに、父のことを心配しているのだろう。


佑人は結局、中学最後のサッカー部の試合に出られなかった。この試合に向けて、二年半がんばってきたことを知っているだけに不憫でならなかったが、世の中にはどうにもできないことがあるのだということを知ることができてよかったとも思う。

夫の帰宅は早くなった。早く帰ってこられたところで、早智子にとってはなんの得もなかったが、風呂掃除とトイレ掃除をやるようになったので上々である。

八方除けのおふだは、おふだ立てに納めて、リビングの高い位置にかけた。大難は小難に、小難は無難に、そして吉事は最大に。早智子は自然と頭を下げた。

※神嶽山神苑の入苑期間は三月上旬～十二月中旬、毎週月曜日は休苑（祝祭日は開苑）

# 伊勢神宮と伊勢うどん

「五ノ丸神社のおみくじって凶が多いよね。大凶もあるし」

立花さんに声をかけると、ああ、よく言われる、と返ってきた。

「でもさ、凶だからよくないってことじゃないよ。運気っていうのはバロメーターだから、今は運気が低迷してますよ、だから気を引き締めて行動しなさいよ、って教えてくれてるだけ。みんな、大吉とか小吉とか、運勢ばっかり見てるけど、それよりも見てほしいのはさ、おみくじを広げたときにパッと目に飛び込んできた言葉なわけよ」

そうかもしれない。寒川神社で引いたおみくじ。まず、パッと目に飛び込んできた言葉があった。

「確かに。こないだ引いたおみくじも、いちばんに目に入ってきた言葉が胸に刺さったんだよね」

ああ、神さまはこれを教えてくれたんだな、と自然に思えた。

「そうそう、それでいいのよ。全部の項目が必要ってわけじゃない。だって、『出産』なんてぼくには関係ないもの、わはは」

「出産」の項目があるおみくじも多い。

「自分が気になっていることを、無意識のうちに目でさがしてるんだよ。だから、それで正解」

「なるほどね」

「あ、ちなみに大凶だけど、入れるのやめにしたよ」

「そうなの？」

「大凶を引くと、ショックがハンパないみたいだからさ。苦情もけっこうあって」

おみくじにも苦情があるのかと、昨今の風潮を思う。しかしながら、早智子も一度、ここ五ノ丸神社で大凶を引いたことがあった。すさまじいショックだった。苦情を言いたくなる人の気持ちもわからないでもない。

「わたし、前に大凶を引いたとき、すぐにおみくじ掛けに掛けちゃったわ」

「ああ、それも正解。悪い運は神社に置いていって、神さまに引き取ってもらえばいいんだよ」

「へえー」

こうして聞いてみると、おみくじってなかなか奥深い。

「引いてみる？」

立花さんがおみくじ箱を指さす。五ノ丸神社のおみくじは、六角形のおみくじ箱からおみくじ棒を引いて、そこに書いてある番号を授与所で伝え、おみくじをもらうという方式だ。

「また今度」

そう返すと、立花さんは、ふふんと鼻で笑って去っていった。

カーッと夏の太陽が照り付ける。梅雨明けして、いきなりの夏日なのだった。授与所の端にある御朱印コーナー。冷風機が置いてあるのでなんとかしのげているが、夏の陽射しはひさしを飛び越えてやってくる。一応エアコンは設置されているが、どうしてだか早智子が座っている場所までは効き目が届かない。今年の一大目玉として、参拝者向けに通路にミストを設置し評判はいいようだが、まずは職員をねぎらってほしいものである。

日焼け止めは塗りたくってきたが、いかんせんまぶしすぎる。サングラスをかけたいところだが、まさかサングラスをかけて御朱印書きはできないだろう。

この暑さのなかでも参拝に来てくれる人は一定数いて、ありがたいことだと思う。

「すてきですね。大好きな字です」

早智子より少し年上とおぼしき、身ぎれいで上品な女性が、早智子が書いた文字を見て言ってくれる。うれしいっ！　と内心では狂喜しながら、早智子は、ありがとうございますとしとやかに頭を下げた。書をほめられることは素直にうれしい。

結婚した当初、早智子はまだ会社員だったが、家を建てるときに、いつかは家で子どもの書道教室でも開ければいいなと考えて、和室を作った。が、子育てをしているうちに、その思いはどんどん目減りしていった。双子が生まれてからは怒濤のような日々の連続で、とてもそんなことを考える心の余裕はなかったし、姉妹で育ち、姪二人と、長女の茉奈しか知らなかった早智子は、息子たちの生態に驚くばかりで、とてもじゃないが、よそさまの子どもに書道を教える心境にはなれなかった。

茉奈には低学年の頃から書道を教え、本人もそれなりに楽しんで上達したが、明人と佑人はまるで興味がなく、ついには道具を見ただけで逃げ出すようになったので、早々にあきらめた。

もちろん、親が師範の免状を持っているからといって、子どもがやる必要はない。やりたくないことはやらなくていいと思っている。けれど、達筆だと社会に出てからなにかと重宝するし、字が下手よりも上手な方が印象はいい。書と向き合うと精神的にも落ち着くので、やんちゃな息子たちにはぜひともやってもらいたかったが、親の心子知らずであった。

「それにしても暑い……」

暑いと口に出さずにはいられない暑さである。早智子の腹にぴたりと寄り添っている、夏用ハラマキを今ばかりは脱ぎ捨てたい。

ハラマキは、早智子がこの世でもっとも信頼する友人である。ハラマキは裏切らない。上着を羽織ったくらいでは冷房の芯からの冷気は防げないが、ハラマキはがっちりと下腹部を守ってくれる。更年期女性の心強い相棒である。

が、しかし。今は汗まみれになったハラマキとお別れしたい。本格的な夏に入った今、屋外ではなおさらだ。あとでトイレに立ったときに、脱いでこようと心づもりする。

「うっそお、凶だってえ！」

三十代だろうか。女性の三人グループのなかの一人が声をあげた。あまりに大きな声だったので、思わず目を向けてしまう。

「マジ？　すごい引きの強さ！」

と、一緒にいる二人が爆笑している。

「今は動いちゃダメだって。時機が来るのを待て、だって。ほんとかよ！　それいつだよ！」

凶を引いた女性がまくし立てて、自虐的に笑っている。

「五ノ丸神社、サイアク。先輩がすごくいい神社だっていうから来たのにさ。凶を引かされるなんて。来なければよかった」

やばい、と早智子は思い、辺りを見渡して立花さんがいないことを確認する。姿が見えなかったので、ホッと胸をなでおろしたときだった。

「こんにちは」

と、立花さんが三人の前にぬっと顔を出した。あちゃー、と早智子は顔をしかめた。面倒なことが起こりませんようにと、見守るしかない。

「大きな声なので聞こえましたけど、おみくじで凶を引かれたんですか？」

凶を引いたショートヘアの女性は、一瞬怪訝そうな顔をしたものの、神職の恰好をした笑顔の立花さんに気を許したようだった。

「そうなんですよー！　凶ですよ、凶！　わたしの人生、一体どうしてくれるんですか！」

笑いながら、立花さんの腕をバシッと叩く。やばい。立花さんの性格はよくわかっているので、次の展開が目に見える。

「大吉だったら良かったんですか？」

一転、真面目な顔で立花さんが問う。

「そりゃそうでしょう！　大吉が出ますようにって、おみくじを買ったんだから！」

さも当然だといわんばかりに女性が答える。

「神さまはあなたの現在の状況を教えてくださいます。つかぬことをお聞きしますが、あなたは神さまになにを聞きたかったのですか？」

立花さんの踏み込んだ質問に、ショートヘアの女性が「えー!?」と声を上げる。そう、おみくじを引くときは、〇〇について教えてください、と言って引くのがいいと、立花さんは言う。

「言わなきゃいけないんですかあ？」

「こんな機会めったにないんだから、言いなよ」

と、友人の女性が言った。早智子は聞き耳を立てた。

「彼氏ができるかどうかです」

と、もう一人の女性が本人に代わって答えた。ちょっとお！　とショートヘアの女性が友人たちの腕を叩く。人の腕を叩くのが好きな女性のようだ。

立花さんは、なるほどとうなずき、おみくじに書いてあった内容をたずねた。内容を聞いた立花さんはまた深くうなずき、

「よかったですね」

と言った。

「よくないでしょっ！」

間髪をいれずにショートヘアが突っ込む。

「いやあ、よかったですよ。今動かない方がいいって、神さまが教えてくれたんです

よ。逆に言えば、今動いたらうまくいかないってことです」

「そうだよ、よかったかもよ」

と友達が言う。

「今のはダメってことだよ。わたしもそう思ってたもん」

と、もう一人も続ける。二人の友人は顔を見合わせて、うなずき合っている。

「でも今週中に返事しないと……」

「だから、それをやめた方がいいってことだよ」

「うん、返事しないほうがいいよ。もう少しよく考えて。あせる必要ないんだから」

「そうそう、今回はほんとやめてほしい。大事な友達だから言ってる」

「わたしも同じ意見。だってあの人、あきらかにおかしいもの。もしかしてもしかしたら詐欺かもしれないし……」

いつの間にか女性三人で輪になっている。立花さんは蚊帳の外だ。立花さんがふいに早智子を見て、ひとつうなずいた。早智子が見ていたのを知っていたようだ。

なんとなくだけど、と早智子は想像する。ショートヘアの女性には、意中の人がいるのだろう。今週中にその人になんらかの返事をする予定だった。が、友人二人はその人のことを好もしく思っておらず、ショートヘアの彼女にやめておいたほうがいいと助言したかったがなかなか言い出せず、おみくじと立花さんにかこつけて、思い切って本音を伝えた。と、そんなところではないだろうか。

三人はその場でしばらくなにやら話し込んでいた。そのうちに何人かに御朱印を頼まれ、早智子が少し目を離していたすきに女性たちはいなくなっていた。立花さんも仕事に戻ったらしく、姿が見えなかった。

その後、どどっと御朱印所に参拝客が押し寄せ、慌ただしくなった。ようやく一段落し、早智子が水分補給をしていたところ、

「あの、おたずねしたいんですけど……」

と声をかけられた。見れば、先ほどの三人の女性が立っていた。

「宮司さん、どちらにいらっしゃいますか？　さっき、少しお話しさせていただいたんですけど」

凶を引いたショートヘアの女性だ。おそらく立花さんのことをいっているのだろうけれど、立花さんは宮司ではない。一般の人はあまり馴染みがないと思うが、神職にも階級があり、宮司というのは、その神社で一番えらい人だ。宮司、権宮司、禰宜、権禰宜、出仕、という階級がある。立花さんは禰宜だ。早智子も五ノ丸神社で働くまではまったく知らないことだった。

「紫色の袴を穿いていた者ですよね。少々お待ちください」

早智子が席を立つと、ちょうど立花さんがこちらに歩いてくるのが見えた。立花さ

んという人は、不思議といつもタイミングがいい。

「立花さん」

手招きすると、なになに、とうれしそうにやって来た。早智子は、ショートヘアの女性に引き合わせた。

「あの、さっきはどうもありがとうございました。あれから友達とカフェでしゃべってて」

五ノ丸神社にはちょっとしたカフェが併設されていて、五つの丸に鳥居のマークがついたカフェラテを提供している。インスタグラムなどであげてくれる人も大勢いて、これを目当てに訪れる人も多い。

「凶を引いて、ちょっとムカついてたんですけど、いろいろと考えることができてよかったです。もし大吉を引いてたら、間違えた選択をしていたかもって……」

さっきの勢いはどこへやら、ずいぶんと殊勝な態度だ。

「そうですか。それはよかったです。神さまは人間のことが大好きなんですよ。本殿で手を合わせたときの声はきちんと神さまに届いていますから、あなたにとっていちばんベストな返事を、おみくじに託してくださったのでしょう」

もっともらしく立花さんが言う。

「本当にどうもありがとうございました」

ショートヘアの女性が頭を下げると、友人二人も会釈をして、三人で満ち足りた顔をして帰っていった。

「すごいじゃん」

立花さんが彼女たちに声をかけたときはヒヤヒヤしたが、結局いい方向に転がった。

「まあね」

と、立花さんは鼻高々だ。

「なんだか勉強になった、おみくじのこと。さすがだね」

心から尊敬して言うと、

「まさか前田さん、ぼくの話、信じたの？」

と返ってきた。

「はっ？　ウソなの？」

「見えない世界のことだからねえ」

「わたしに言った、パッと飛び込んできた言葉、っていうのもウソってこと？」

肩透かしを食ったように、気持ちが萎(な)える。

「あはは、信じるか信じないかはあなた次第です、ってね」

芝居がかった口調で、立花さんが人差し指を向ける。早智子は頰をふくらませた。

すっかり信じた自分がアホみたいだ。

「ときには営業トークも必要だからねえ」

そう言い残して、立花さんは去っていった。

「なんなのよ、まったく」

早智子はフンッ、とひとつ鼻息を吐く。立花誠という男。つかみどころがない。伯父さんが神職だった関係で神道学部を出たと聞いたが、本人だって多少なりとも興味があったから勉強してきたのだろう。

それなのに、神の存在を信じることをばかにするそぶりを見せることもあるし、さっきのおみくじの一件のように、神社をけなすような発言は聞き捨てならないとばかりに、参拝客相手でも関係なく立ち向かっていくこともある。よくわからない。

でもまあ、とにかく。さっきの女性のことはよかった。へんな男にだまされてほしくない。早智子は、彼女の幸せを祈った。


今日は仕事が休み。ひと通りの家事を終えて、コーヒーを飲みながら新聞をめくる至福の時間。仕事がある日はなかなか新聞に目を通せないが、そういう日はきっぱりとあきらめて、時間があるときだけのんびりと読むことにしている。以前は、読めなかった分をまとめて読まなければいけないと思い込み、かなりなストレスとなっていた。新聞を毎日読むことを手放したら、ものすごく楽になった。

トゥルルルル　トゥルルルルル
家の電話が鳴っている。まさか中津川じゃないわよね、と思いながら受話器を取る。

「はい、もしもし」

「畳の替えが特売なんですけど、いかがですか？」

「けっこうです」

秒で受話器を置いた。畳の営業電話だった。

中津川の一件以来、夫はマメになった。帰宅時間の連絡が毎日届き、遅くなるときはその理由まで書いてある。今日は、

――直属の部下である滝沢くんがちょっと失敗しちゃって、書類をやり直さなくちゃいけなくて、おれも手伝っていくから帰宅は22時になりそうです。夕飯は家で食べるので残しておいてください
そのあとに、千鳥ノブが「長げぇ！」と困った顔で言っているスタンプが届いた。会社にいる時間が長いということなのだろう。夫は千鳥が好きなのか、とスタンプで知る。

近頃夫は、早智子が言わなくても、率先して自分から食器を洗うようになった。ガス台に置いてある汚れた鍋やフライパンなども、気付くと一緒に洗っている。

早智子は、中津川のことをもうなんとも思っていなかったが、夫の変わりようを見

ると、もしかして本当になにかあったのではないかと勘ぐりたくもなる。

中津川の一件は、早智子に大きな気付きを与えてくれた。夫の浮気（うわき）という、これまで想定していなかった事態に直面し、はじめて自分の気持ちに気付いたのだった。

まず、夫への愛情について。中津川から電話があったとき、早智子は、許せないと思った。早智子は、夫が自分以外の誰かと関係を持ったのだと想像したとたん、これまで感じたことのないような怒りで身体が震えた。それは裏を返せば、ヤキモチというこことかもしれない。好きとか恋とか、そういうものはとっくに卒業したと思っていたが、二人がベッドの上で睦言（むつごと）を交わしているのかと思うと、脳みそが爆発しそうになった。

なんとか冷静に対応できたのは、電話口から中津川のあせりが感じられたからだ。浮気相手が本宅に電話をかけてくる段階となると、その関係はおそらく終わりに近づいている、もしくはすでに終わったかの、どちらかだ。

なんにせよ早智子は、自分のなかに夫への愛情がまだたっぷりとあることに気付かされたのだった。すでに干からびていると思っていたので、自分自身めっちゃびっくりだった。

それと、もうひとつ気付かされたことは、自分という人間はかなりの差別主義者だったということだ。中津川が男だと知らされたとたん、嫉妬（しっと）の炎はしゅうっと小さくなった。たとえ、本当に中津川と浮気をしていたとしても、女じゃないからまあいいか、女よりはマシだ、とそんなふうに考えてしまった。

夫の中津川への気持ちは二の次で、浮気相手の性別だけで判断してしまったという居心地の悪さに、己の未熟さをまざまざと見せつけられたのだった。日頃から男女差別を嫌っているくせに、このザマだ。

そんな自分の優柔不断さを思うと、自分の夫への愛情ははたして本物なのか、と早智子は改めて考えてみたくなる。あんなにムカついたのは、もしかしたらヤキモチではなく、自分は更年期や家のことで大変なのに、夫はうかうかと甘い蜜(みつ)を吸っている、ということが許せなかっただけなのかもしれない。

なーんて、ぐだぐだぐるぐる考えても答えが出るはずはなく、早智子は、

「自分の人生を楽しむしかない！」

と、最終的に思った。自分が楽しければ、いろんなことを大目に見られるような気がする。きっとそうに違いない。

頭のなかでそんなことを考えながら新聞の文字を目で追っていたので、むろん頭に入るわけはなく、ほとんどなにも残らなかった。まあいい、新聞をすべてめくったことが大事なんだから！　と前向き思考で新聞をたたむ。

そのとき、一枚の折りこみチラシが目に入った。

——伊勢神宮　バスツアー——

「へえ、こんなのがあるんだ」

茉奈が通っている高校の保護者会でバスツアーがあり、ママ友に誘われて参加したことがあった。伊豆のシャボテン公園と大室山をめぐり、ワイナリーに行き、ビュッフェでランチを食べた。

大人の遠足みたいでとてもたのしかったけれど、早智子がなによりもうれしかったのは、バスに乗っているだけで、勝手に目的地に連れて行ってくれることだった。家族旅行に行くと、なにからなにまで早智子が計画を立てなければならず、時間を気にして子どもたちを急かすのが、大変なストレスだった。

「バスツアー、いいよねえ」

と思わず口から出る。

伊勢神宮は、二十代の頃に付き合っていた人と行ったことがあった。どこかに旅行に行こうということになって、当時人気のあった伊勢志摩に決めたのだった。志摩スペイン村と、ジュゴンに会える鳥羽水族館に行き、せっかくだからということで伊勢神宮に寄った。メインはスペイン村と水族館で、伊勢神宮はほんのついでだった。ほとんどなんの記憶もない。その彼と別れたとき、写真もすべて処分した。

「伊勢神宮かあ……」

と、ひとりごとを繰り出していても仕方ない。今日は父の退院日だ。姉は用事があるということで、早智子が立ち会うことになっている。


「あら、来たの？」

病室に顔を出した早智子を見て、母が開口いちばんに言う。早智子は鼻から息を長く吐き出して、心を落ち着かせる。昨日母から電話があり、必ず来るようにと念押しされたから来たのだ。

「じゃあ、帰る」

と、十年前の早智子だったら言い返していただろう。けれど、アラフィフの早智子はぐっと我慢した。

「お父さん、体調はどう？」

「ああ、いいよ。早く家に帰りたいな」

父はまだ入院着のままだ。

「着替えるでしょ？　手伝う？」

「いや、いい。一人でできるよ」

と言って、父が着替えはじめた。

「お父さん、なんだかボケちゃったみたいよ」

「は？」

早智子はびっくりして、不穏な発言をした母を見た。

「着替え方がわからないって言うんだもの」

聞けば、早智子が訪れる少し前に、父が着替えようとしたところ、なんだかわかんなくなっちゃったなあ、とつぶやいたまま、ぼーっとベッドに腰かけていたらしいのだ。

「お母さんが手伝ってあげればいいじゃない」

「そりゃそうだけど、そうすると証拠がなくなっちゃうじゃない。あんたに見てもらおうと思って」

呆気(あっけ)にとられた。母は、父が着替えられないことを早智子に見せるために、手を貸さなかったらしい。証拠、という言葉が怖すぎる。あんまりじゃないかと文句を言いたかったが、父の手前、ここでもぐっと我慢した。

「環境が変わると、日常のことがわからなくなっちゃう瞬間ってあるよね。だってほら、今はちゃんと着替えてるじゃない。ねえ、お父さん」

「あ、ああ、そうだな。なんだかさっきは力が入らなくて、ハハ」

小さく笑って着替えはじめる父が不憫(ふびん)で、胸がふさがれた。一方の母は、

「へえ、そうですか。そうは見えなかったですけどね」

と、容赦がない。着替えを手伝うのもためらわれて、早智子はチェストの整理をしようと引き出しを開けた。

「なにもないわよ。わたしがもう全部片付けましたから」

母があごを持ち上げる。早智子は無言でうなずいて、リハビリには通うんだよね？と父に話しかけたが、

「そうよ、大変よ。送り迎えどうしたらいいのかしら」

と答えたのは母だった。いちいち鼻につくが相手にしていると大変なので、さりげなくスルーする。

父の身支度が整ったあと、三人で病室をあとにした。

ナースステーションに顔を出すと、邦夫さん、またね、と何人かの看護師さんに声をかけられた。父はうれしそうだ。

「大変お世話になりました」

「お礼は禁止なんでしょ？　菓子折り買ったんだけど、受け取ってくれないって言うから持ってこなかったわよ。ずいぶんと杓子定規(しゃくしじょうぎ)な世の中になったものだわね」

大きな声で母が言う。看護師さんが申し訳なさそうに、すみませんと首をすくめる。

その様子を、父が泣き笑いのような顔で見ている。

早智子は、父と母を先に行かせ、看護師さんたちに深く頭を下げた。看護師さんた

ちは、わかってますよ、とばかりにうなずいてくれたが後味はよくない。

病院から実家までは、早智子が車で送っていった。家に帰ると、父は元来の元気を取り戻したようで、杖を突きながらも嬉々として庭に出て植木をチェックしはじめた。運動好きな人だったから、リハビリをがんばれば杖も必要なくなるだろうと、ガラス戸越しの父を眺める。

「さっきお父さん、本当に着替えることができなかったのよ。びっくりしちゃった」

お茶をいれながら母が唇をとがらす。

「たまたまでしょ」

わたしだって、洗濯機のボタンの手順がわからなくなったことがある。

「あれは認知症よ。徘徊とかしたらどうしよう」

「先走り過ぎだし、気にし過ぎだから」

早智子は、この話はもうおしまい、という顔を作って、持ってきた手土産の袋を開けた。あんのなかに求肥が入っている父の好物の最中だ。父は白あんが好きなので、白あんを多く買ってきた。

「わたしは粒あんが好きなんだけどね」

母がすかさず言うので、どうぞ、と粒あんを差し出した。

「お父さん、お茶入ってるよー」

庭にいる父に声をかけると、手をひらひらと振った。まずはそっちでやってろ、ということだろう。

介護保険はすでに申請してある。サービスはすぐに使える予定だ。

「通所リハビリは送迎付きだから、送り迎えの心配はいらないよ」

「あら、そう」

あきらかに承知していた口調だ。じゃあなぜ病室で、送り迎えどうしたらいいのかしら、なんて言ったのだろうか。

しばらくすると父が入ってきて、隣に座った。骨折のため足元はおぼつかないが、室内は杖なしでもつかまれば歩けそうだ。

「おお、うまいなあ」

白あん最中を咀嚼して、父がうなずく。

「やっぱ家はいいなあ、気持ちが落ち着くよ。病院は辛気くさくてまいったよ。なんてったって、全員が病人なんだからさ。あっはっは」

「とにかくリハビリがんばってね。早く、ゴルフに行けるようにならなきゃ」

「ああ、そ……」

と父がうなずいたところで、母がさえぎった。

「ゴルフなんてだめよ。また転んだらどうするの。そもそも、もうできないわよ。杖ついて、どうやって球を打つのよ？」

「ちょっ……」

口を挟もうとしたところで、父がむせた。

「ぶおっほっ、ごほっ、ごほっ」

「お父さん、大丈夫!?」

水を渡して背中をさする。

「欲張って二つも食べるからよ」

顔を真っ赤にして胸を叩(たた)いている父を見ながら、母がつぶやく。早智子はここでもぐっと我慢して、父をいたわった。

「最中はむせやすいからね」

と、ようやく咳(せき)が収まった父に新しいお茶を渡すと、ひとくち口に含み、

「疲れたから横になるよ」

と小さく言った。

「じゃあ、布団敷くね」

これまで寝室は二階だったけれど、今の父には無理だろう。

「和室でいいんじゃない？」

と呑気(のんき)に言う母に軽くうなずいて、言われた通り、和室に布団を敷いた。和室には、

寒川神社のおふだが立てかけられていた。病気平癒。早く治りますように、と念じる。

「お父さん、しばらくはここで寝起きするようだね」

「そうだな。お母さんと一緒だと、いびきがうるさいって怒られるからちょうどいいよ」

そう言って父は服を脱いで、肌着とステテコ姿になって横になった。病院では気が付かなかったけれど、ずいぶんやせたなと思った。早智子の頭のなかでは、恰幅（かっぷく）がよかった父のままで止まっている。

早智子が服を片付けている間に、父はもう寝息を立てていた。慣れない病院で気を張っていたのだろう。相当疲れていたんだなと思う。

「お父さん、寝たよ」

お茶を飲んでいる母に告げると、

「やだわ、今寝たら、夜眠れなくなっちゃうじゃない」

と返ってきた。早智子はため息をついた。母の、父に対する態度はなんなんだろう。小さな嫌みや意地悪の連発で、聞いているほうが疲れてしまう。

「伊勢神宮いいわねえ」

母がいきなりそんなことを言い、早智子は驚いた。見れば、今朝早智子が見ていたものと同じ折りこみチラシを手にしていた。

「お母さんって、神社が好きなの？」

「べつに好きってわけじゃないけど、もうこの歳になると、神社仏閣くらいしか行きたいところないのよ。あの世が近づいてきたからかしらね」

怖いことを平然と言う。

「あとはお花を見るくらいかしら。でもお花より、神社仏閣のほうがいいわよね。たいてい神社仏閣は緑がきれいだし、ご利益ありそうだし」

なるほど、とうなずく。

「伊勢神宮は、結婚したばかりの頃にお父さんと行ったことがあるわ。もうすっかり変わってるんでしょうねえ」

チラシを見ながら母が目を細める。

「お父さんの足が治ったら、二人で行ってくればいいじゃない」

早智子がなんの気なしに言うと、母が目をむいた。

「本当にあなたたちって、思いやりがないわよね。たまには母親を連れていこうって気はないのかしら」

と言って、ため息をついた。早智子はびっくりした。これまで何度か旅行に誘ってみたことはあったけれど、面倒だという理由で断られていた。あなたたち、ということは、姉の奈緒子も、思いやりがないチームに入っているらしい。

早智子は、母が持っている伊勢神宮のチラシに、改めて目を通した。七月からの日程がいくつか掲載されている。どれも一泊だ。子どもたちも夏休みに入るころだし、行けないことはないだろうと思う。

「じゃあ、このツアー行こうよ」

さりげなく言ってみたが、早智子としてはずいぶんと思い切った発言だった。子どもたちを置いて泊まりで出かけるということもはじめてだし、父抜きで母と旅行に行くのもはじめてのことだ。

「泊まりは無理」

母がぴしゃりと返す。確かに、今の父を一人で置いていくことはできないかもしれない。

「お父さんが心配だよね」

「お父さんっていうか、家が心配よ。お父さんに留守番させたら、きっと火事を出して全焼になるわ。お父さん、骨折する前も鍋を黒焦げにしたのよ。いい鍋だったのにもったいなかった」

「そうだったの?」

「あんたたちはなんにも知らないくせに、お父さんの味方ばっかりするんだから」

「味方って……」

「わたしはどこへも行けずに死んでいくんだわねー。ハイハイ、いいですよー。わたし、買い物行くから」

投げやりに言って、母が席を立つ。

「車で一緒に行こうか」

「いいわよ、いつも歩いて行ってるんだから。今日だけ車に乗せてもらっても調子が狂うわ」

早智子は追い出されるようにして、実家をあとにした。


その日の夜、姉から電話があった。

「どうだった？　お父さん」

呑気な声だ。

「どうもこうもないよ」

母の、父に対する態度やひがみっぽさについて、早智子は姉にぶちまけた。

「あー、ねー」

「あー、ねー、じゃないよ。そもそもお姉ちゃんはなんで来なかったのよ」

仕事を辞めた姉はたいていヒマだし、時間もある。

「今日は、マネーセミナーに行ってたのよ」

聞けば、投資などの資産運用講座に参加していたらしい。

「そんなの、大丈夫なの？　薬剤師の資格があればどこだって雇ってくれるでしょうに」

「もう働きたくないから。お金に勝手に動いてもらうことにするの」

「……ああ、そう」

いろいろ言いたいことはあったが、姉のお金を姉がどう使おうと自由なので、その話題は避けることにする。

「お母さん、伊勢神宮行きたいんだってさ。お姉ちゃん、連れて行ってあげなよ」

「伊勢神宮？」

早智子は、今日の折り込みチラシの伊勢神宮ツアーのことを伝え、けれど泊まりは無理だということも教えた。

「じゃあ、日帰りで行こうよ！　日帰りで充分行けるよ！　わたしからお母さんに連絡しとく！　たのしみ！」

え、わたしも行くの？　と聞こうとしたときには電話は切れていた。

その電話からおよそ一ヶ月半後。

早智子は手をかざして、カーッと照り付ける太陽をねめつけていた。今日も暑くなりそうだ。今、早智子は、姉の奈緒子と母親の洋子(ようこ)とともに伊勢市駅に降り立ったところだ。時計の針は、午前十時を回った。

今頃、子どもたちは、学校で授業を受けている最中だろう。新学期がはじまり、子どもたちの生活がまともになったことに、早智子はホッとしている。夏休み期間中の双子は、冷房の効いた部屋で毎日昼過ぎまで寝て、夜は丑三(うしみ)つ時まで起きているという生活で、ほとほとうんざりした。

八月は暑いし、夏休み中は混雑するということもあり、お伊勢参りは九月ということになったのだった。父もだいぶ落ち着いてきて、リハビリには通っているが杖(つえ)なしでなんとか歩けるようになった。母も気持ち的に余裕ができた頃合いだろう。

「さあ、では外宮(げくう)からお参りいたしましょう」

姉が母の腰に手を当てて促す。姉の口調と言葉遣いが気になったが、まあいい。

「歩くの？　どのくらい？　わたし、長い距離は歩けないわよ。それにこの暑さはなによ」

言いながら母は空をにらみ、顔をしかめながら日傘を広げた。

新幹線のなかではおにぎりを二つ食べ、父についてひとしきり文句を言い募り、そのあとに乗ったＪＲの快速ではずっと寝ていた母である。

「熱中症になったらどうするの」

ひとりごとなのか、娘たちに向かってなのか、己の思いを吐き出しながら歩く母を見て、早智子はひそかにため息をついた。先が思いやられる。前途多難だ。加味逍遙散ぐらいじゃ、とてもカバーできないイラつきが、すでに全身に渦巻いている。

「外宮はすぐそこですからねー」

猫なで声を出しながら、姉がガイドのように手を掲げる。姉は、添乗員に徹することに決めたようだ。口元だけの笑顔を作っているが、目が死んでいるのが見てとれる。長い一日になりそうだ。

「あら、こんな感じだった？　思っていたところと違うわ。ここ、本当に伊勢神宮？」

鳥居をくぐったところで、母が言う。

「あの、すみません。ちょっといいですか？　せっかくの伊勢神宮。わたし、境内では落ち着いた気持ちで過ごしたいので、おしゃべりはしたくないのです。話しかけられても答えられませんので、どうかご了承ください」

先頭を歩いていた姉が振り向いて、早智子と母に言う。

「……まじか」

添乗員、いきなりの仕事放棄である。境内では、母の矛先はすべて自分に向かってくると考えていいだろう。早智子は丹田を意識して気合を入れた。伊勢参りは、まだはじまったばかりだ。

　キラキラと輝く木漏れ日の下で、母が大きく深呼吸をする。

「木々の生命力がすばらしいわね。家とは空気がまるで違うわ。気持ちいいー」

　晴れ晴れした顔で言う母を見て、早智子も同じように腕を広げて深呼吸をした。

「ほんと、家とはぜんぜん違うよね。気持ちいい！　空気がおいしいね」

　母のご機嫌を取るように、早智子は明るく返した。

「はんっ、家って言ったって、早智子のところとは違うわよ。うちにはお父さんがいるじゃない。退院後は家にべったり居座ってるから、空気がよどんでるのよね」

　ひどい言い方だ。

「そんなことないって。あはは」

　笑うしかない。母の言葉には、あまり反応しないほうがよさそうだ。

　平日とはいえ、多くの人が参拝に訪れていた。午前中の太陽の光が木々の間から差し込む。九月に入ったとはいえ相当な暑さだが、厳かでしっとりした空気はすがすがしい。紫外線は勘弁願いたいけれど、日傘をさすのも帽子をかぶるのももったいない気がして、早智子は全身に「良い気」を浴びるようにして歩いた。

　姉が、境内社を案内してくれる。姉はこれまでに十回以上は伊勢神宮を訪れているということで、よく知っている。

「ここが御正宮です」

姉の言葉に、母が怪訝な顔をする。

「ねえ、ここ本当に伊勢神宮？　奈緒子、あなた間違えてない？　わたしの記憶とぜんぜん違うんだけど」

大きな声だったので、まわりにいた何人かが母を見た。姉の鼻の穴が、見る見るうちにふくらむ。

「ここは伊勢神宮外宮です。豊受大神さまがいらっしゃいます」

ドスの効いた低い声で、姉が母に告げる。鼻がぴくぴく動いている。

「あっ、そっ」

母はそれだけ言ってから、お賽銭を入れて手を合わせた。実は早智子も外宮の記憶がまるでなく、豊受大神さまという名前も今はじめて耳にしたところで、頭のなかははてなマークだらけだったのだが、余計なことは言うまいと口をつぐんだ。

姉は、目を閉じ胸に手を当てて呼吸を整えていた。怒りを必死でおさえているのだろう。がんばれ、お姉ちゃん！　心のなかでエールを送る。

早智子もお賽銭を入れ、手を合わせた。父が元通りに歩けるようになりますように、とお願いする。父が元気にならないと、母の嫌みがエスカレートしそうで恐ろしい、というところまで、手を合わせながら神さまに話した。

「なにをそんなに祈ることがあるの？」

一礼して頭をあげたところで、すかさず母に言われる。ひと呼吸置いてから、まあ、いろいろね、と言葉をにごす。姉は、まだ手を合わせている。気持ちはわかる。

「さあ、次はどこ？　暑いから早くして」

姉がうやうやしく一礼して、振り返った瞬間、母が鋭く言い放った。姉は唇を真一文字に結び、両の手はこぶしを握っている。堪えろ、お姉ちゃん……。

「奈緒子も早智子も日傘さしなさいよ。シミが増えるわよ。シミがなければ七難隠せるから」

七難隠せるって、どういう意味だ。この顔に産んだのはあなたですよ、と言いたくなる。姉に目をやると、

「神社でケンカをしたり機嫌悪くしてると、神さまが嫌がるから、こらえるわ」

と、小声で耳打ちされた。

「お姉ちゃん、エライ。自分を鼓舞してる！」

思わず声をあげると、「昆布？」と母に聞き返される。

「こっちで乾物を買っていこうと思ってたのよ。伊勢湾でとれた海産物。昆布も売ってるわよね。だし昆布が欲しいのよ」

「うん」

姉がさっさと歩き出したので、早智子はとりあえずうなずいておいた。

「内宮（ないくう）まではバスかタクシーで行こう。いつもわたしは歩くけど、お母さんには無理だろうから」

姉が早智子だけに聞こえる声で伝えた。

「わたし、タクシーがいいわ。バスは座れなかったら嫌だもの」

地獄耳の母であった。

伊勢神宮内宮。

「ここ、ここ、ここよ！　昔、来たのはここ」

橋の手前にある鳥居を見て、母が声を出す。早智子も、二十代の頃に来たのは内宮だったことを今知った。

「この宇治橋（うじばし）を渡るとご神域になりますので、お静かに願いますね」

添乗員プレイはまだ続けるらしく、姉が母をけん制する。

「この橋、覚えてるわ。アルバムに写真があるかも。まったくねえ、あの頃はお父さんもいい人だったんだけどねえ」

最後のところは聞き捨てならなかったが、今はとりあえず聞き捨てた。これから内宮だ。清らかな心で参拝したい。

　宇治橋を渡って進んでいくと、川に出た。まったく記憶にないので、昔来たときは寄らなかったのだろう。

「こちらが五十鈴川です。手を清めるといいですよー」

　姉の声が大きくて、近くにいた人たちが、ほうっ、という顔をして、五十鈴川に手を浸した。姉のことを、伊勢神宮のガイドかなにかだと思ったのかもしれない。責任は持てないが、とりあえずよしとしよう。

「お母さん、そっちは危ないよ」

　石の上に足をかけようとする母に注意する。

「ごめんごめん」

　子どもみたいな明るい笑顔だ。その笑顔は早智子にとって、懐かしいものだった。早智子が幼い頃、母はいつもこういう笑顔を見せてくれていた。もちろん今だって笑顔はあるが、心からのたのしそうな笑顔ではない気がする。

「子ども時分を思い出すわ。つめたくて気持ちいい」

　そんなふうに言いながら、水際にしゃがみこんで手をひたしている。早智子も母の隣にしゃがんで、手をつけた。なんという清涼感！　こんなふうに川の水に手をひたすこと自体、かれこれ十年以上はしていない。

「境内に流れてる川だから、余計に気持ちいいのかもね」

と早智子は姉に話しかけたが、姉は一人、別世界にいるような顔で、指先につけた水を頭のてっぺんに押しつけていた。

早智子も真似をして、同じように川の水を脳天につけてみた。

スーッ

頭から全身にすがすがしさがかけめぐる。なんだかすごい。三人でしばらく、五十鈴川にたたずみ、多くの恩恵を受けた。母も不満はないようだった。

それからまた、姉の案内で境内を進んでいった。空に向かってすっくと伸びている木々たち。幹の堂々たる太さは重厚で、これまでの長い歴史を感じさせてくれる。神社のたのしみのひとつに、木を見て、感じることもあるなあと思ったりする。

そして、いよいよ御正宮だ。

「ああ、なんてすばらしいのでしょうか！　この階段をのぼると天照（あまてらす）大御神さまがいらっしゃいます。ここから見ても空間が輝いてるのがわかりますね！」

姉は、己の興奮状態を必死で隠して添乗員に徹しているようだ。天照大御神のことは、早智子も知っている。五ノ丸神社にもおふだが置いてある。おそらく、どこの神社にも置いてあるだろう。そのくらい有名だし、八百万（やおよろず）の神々の最高位にいる神さまだ。

階段をのぼり、いよいよ御正宮の参拝場所に着く。

「わたしのお願いを聞いてくれるかしら」

と、母は拝殿を前にご機嫌だ。

早智子は、ずいぶんと厳重だなあと思っていた。ここから見える玉砂利の、向こうの向こうの向こうに正殿があって、そちらに天照大御神さまがおられるらしい。一般的な神社よりかなり遠い。

「大きな大きな神さまなんだから、距離なんて関係ないのよ。この辺り一帯にいらっしゃるんだから」

瞳(ひとみ)をうるませながら姉が言う。気持ちはわかるが、ちょっと引きたくなるほどのテンションだ。

姉は二礼二拍手し小声で祝詞(のりと)を唱え、長い長い間手を合わせていた。早智子も手を合わせた。

「開運しますように！」

大きな神さまということで、大きな願いをかけた。

姉はご神気を存分に感じたいようで、手を合わせ終わったあとも、しばらく御簾(みす)を見ていた。その間、早智子は、母に「まだ？　もう行きましょうよ」と何度もせっつかれており、ちょっと待ってて、となだめるのに労力を要した。

「はあー、気持ちよかった」

ようやく姉の気が済んだところで、拝殿をあとにする。

姉の案内で境内社を回る。内宮はとても広い。早智子は足取り軽く歩き、清涼な空気を胸いっぱいに吸い込んだ。ああ、なんて気持ちいいん……

「ねえ！」

母だ。

「まだ歩くの？　もういいわよう。本殿で手を合わせたんだから、もう充分。疲れたわ。喉(のど)がカラカラよ」

子どものように言い、立ち止まる。母の歩調に合わせてゆっくり歩いていたので、さほどの疲れはないと思っていた。

「じゃあ、お母さんはここで待っててよ。すぐに戻るから」

早智子も姉について境内社を回りたかったので、そう言った。

「わたしだけ待ってるなんていやよ」

「じゃあ、行こうよ」

「歩けないわよ」

ため息が出る。

「わたしは行くから」

埒(らち)が明かないので、そう言い残して歩き出すと、母もついてくる。姉は、自分の参拝にまっしぐらだ。

「ちょっと待ってよ。思いやりがないわねえ」

チッ。流れるように舌打ちが出てしまった。神さまごめんなさい、と謝るも、後味は悪い。

「先に行って」

母を先に行かせる。これなら文句はないだろう。うしろから見る母の足取りは、意外にも軽い。足が疲れたというよりは、境内社をまわるのが面倒になっただけなのだろう。

すべての参拝を終え、授与所に寄った。早智子は自分用にきれいな真っ白いお守りを購入した。鈴がついていて、かわいい音が鳴る。母もお守りを買っていた。二つ。きっと父と自分の分だろう。なんだかんだ言っても、父のことは心配に違いない。

「わたし、御朱印を書いてもらうから、ちょっと待ってて」

姉が御朱印の列に並ぶ。人が少ないタイミングだったようで、長く並ばずに済んだようだった。

「お姉ちゃん。外宮でも書いてもらった？」

母のおもりで、姉のことを気にしていなかった。

「もちろん」

と姉はうなずいて、御朱印帳を見せてくれた。

「あれ？　一の宮専用の御朱印帳じゃないじゃん」

「そうよ、伊勢神宮は一の宮じゃないもの」

「えっ？　そうなんだ」

こんなに大きくて、日本一有名な神社なのに一の宮じゃないのかと、びっくりする。下々の人間にはわからない事情があるのだろう。

「おみくじって、どこにあるのかな？」

姉にたずねると、「ないよ」と返ってきた。伊勢神宮は、おみくじを置いていないらしい。なんでだろうと思い、手に持っていたスマホで調べてみる。

――伊勢神宮には昔からおみくじはなく、おみくじは身近な神社で引くものだった。一生に一度、と憧(あこが)れたお伊勢参りが大吉でないわけがない。

へえ、なるほどね。江戸(えど)時代に伊勢神宮の参拝が大ブームになったと、聞いたことがある。お金を積み立てて代表者に行ってもらう伊勢講や、犬の首元にしめ縄と旅費が入った巾着(きんちゃく)を下げ、自分の代わりに行ってもらう犬の伊勢参りもあったそうだ。

それほどまでにお伊勢参りをしたかったのかと、その信仰心に胸が熱くなる。今は本当に便利な時代になったものだと感慨深く思う。こうして、日帰りで伊勢神宮にお参りに来られるなんて、幸せなことだ。

「お腹空いたわ。あー、疲れた、疲れた」

母が腰をぽくぽくと叩く。早智子もお腹が空いていた。

「おはらい町でなにか食べよう」

宇治橋の鳥居で振り返り、深々と頭を下げて内宮をあとにした。


おはらい町というのは、宇治橋を出て五十鈴川に沿って続く、およそ八百メートルの石畳の通りのことだ。たくさんの飲食店や土産物店が並び、昔ながらの雰囲気もあって、歩くだけでたのしい。早智子ははじめて訪れた。こういう、にぎやかなところは大好きだ。

「お母さん、なに食べたい？」

姉がたずねると、なんでもいいから早く座らせてちょうだい、と母は鼻息荒く返した。陽射しは、ますます強くなっている。

とりあえず目についた店に入ることにする。外に出ていた品書きには、豊富な種類の料理が載っていた。

「あー、疲れた疲れた。こんなに歩くとは思わなかったわ。混んでるし」

席に案内され、座ったとたんに母が声をあげる。

「今日は空いているほうだよ。めずらしいくらい」

「まあ、こんな暑い日に来る人はまずいないでしょうからね」

かみ合わない会話だ。それぞれがメニューに目を通す。どれもこれもおいしそうで、お腹が空いているせいもあり、全種類食べたくなる。

「いろいろ頼んでシェアしない？」

早智子が提案すると、姉がそうしようと賛成した。早智子はここで、持ってきた加味逍遙散を飲んだ。

「お母さんは好きなもの頼んで」

「わたしは伊勢うどんでいいわ」

「それだけ？」

「もう年だから、そんなに食べられないわよ」

そうですか。ということで、早智子と奈緒子は相談して、伊勢うどん、松坂牛丼、松坂牛コロッケ、伊勢海老片身焼きを注文した。もちろんビールも頼んだ。瓶ビール二本。

「そんなに食べるの？　太るわよ。中性脂肪大丈夫なの？」

母が言う。近頃身体が重くなってきた早智子はこめかみがピクッとしたが、いちいち相手にしていたらきりがない。

さっそくビールが届く。コップが三つきたので、母にも注ぐと、母はいやがるふうでもなくコップを掲げた。

「カンパーイ！」

三人でコップを軽く合わせ、喉を鳴らして飲んだ。喉が渇いていたこともあり、びっくりするほどおいしかった。一杯目を一気に飲み干す。見れば母のコップも空いている。姉は二杯目も瞬く間に飲み干し、料理が届く前に三杯目に入った。

「やっぱり伊勢神宮は格別だね。境内が光り輝いてたもの」

姉がうっとりと言うも、三杯目のビールをあおりながらなのであまり説得力はない。

「お母さん、どうだった？」

「前に来たのは、もう五十年以上前のことだからね。こんなに広かったかしらと思ったわ。外宮のほうは、はじめてだったし」

まんざらでもなさそうだ。連れてきてあげることができて、よかったと思う。

なんだか人生って不思議だなと、早智子はつくづく思う。昭和、平成、令和と時代は変わり、その間にもちろん自分も変わっていった。赤ん坊が子どもになり、大人になったのだから変わるのは当たり前なのだが、よくぞここまで来たと思うのだ。あらゆる時代に対応して、自分なりに進化してきた。それが今の自分だ。

四十九歳の早智子がそう思うのだから、七十七歳の母となれば、それはそれはすさまじい進化を遂げてきたに違いない。早智子が言う進化というのは、前進するだけでなく、後退したり立ち止まったりすることも含む。今の自分を作っているのは、すべて己の進化のおかげだ。

そう思えば、母の文句たれだって、大きな心で受け止められるのではないだろうか。進化の究極が今の母だということで。

「今度は泊まりで、ゆっくりと来たいよね」

「わたしはもう歳だから、きっとこれが最後のお伊勢参りだわ。あとは死ぬだけ」

ギョッとして、姉と申し合わせたように母を見る。

「歳だからとか関係ないよ。退化じゃなくて進化だから！」

思わず口走る。母と姉が一瞬早智子を見たが、その意味を追及することも広げることもなく、スルーされた。

「お父さん、今頃なにしてるかなあ。大丈夫かな」

「大丈夫に決まってるでしょ」

姉の言葉に間髪を容れずに母がかぶせる。

「わたしがいないから、今頃大はしゃぎよ」

大はしゃぎって……。まだ少し足をひきずっている人間が、大はしゃぎはないだろうが、今頃父は家でゆっくりしているはずだと思う。リハビリに行くのは、母が在宅しているときのほうがなにかと用が足りるということで、リハビリのない今日を選んだのだ。

お父さんはなにも作れないからと、母はいろいろと作り置きしてきたらしく、朝の新幹線内では文句タラタラだった。文句を言いつつも、ちゃんと用意してあげるのだから、やはり母なりに気にかけているのだろう。

そのうちに、注文したものが次々に届いた。

「あら、これが伊勢うどん？　しょうゆとネギがかかってるだけ？　ずいぶん質素ねえ」

もうちょっと小さい声でしゃべってよ、と心のなかだけで言うにとどめる。

「やわらかいから、入れ歯の人にうってつけだわね」

母が伊勢うどんを食べた感想を述べる。もっと他に言うことはないのか。

「歯がなくても食べられるわ。歯茎だけでもいけそうよ」

自然と母の歯茎に目がいく。食欲がなくなることを言わないでほしい。

早智子も伊勢うどんを食した。関東のうどんとはまったく違う。太くやわらかい麺。

「わたし、はじめて食べたかも」

腰のあるうどんが好きな早智子としては、全国にはいろいろなうどんがあるものだと感じ入るばかりだ。

松坂牛丼を取り分けていると。母も当たり前のように取り皿を差し出すので入れてやる。

「松坂牛、やわらかいわー」

「ほんと、口のなかでとろけるね」

ほどよい脂が溶け出して、あっという間になくなる。濃い味付けにご飯が進む。

松坂牛コロッケは三つ届いて、それぞれ一つずつ食べた。ホクホクのじゃがいもに松坂牛のひき肉がじゅわっと染みて、やさしさと肉々しさの割合がちょうどよかった。子どもたちの毎日のおやつに食べさせたい。いやいや、高級すぎる。

「伊勢は、年寄り向きの食べ物ばかりあるのねえ。伊勢うどんも松坂牛も、歯がなくても食べられるわ」

また歯の話かい。感想がズレまくりだよ、と心のなかで母にツッコむ。

伊勢海老片身焼きは、身が締まってぷりぷりだった。嚙(か)みしめるほどにうまみが出る。母は、もうたくさんと言って、伊勢海老を食べなかったので、多くない半身を姉と二人で分けられてひそかに喜ぶ。表面の焦げが香ばしく、ビールが引き立った。

「はー、お腹いっぱいになったわ。歯がなくていいんだから、笑っちゃうわねえ」

もう本当に黙ってて、と喉(のど)まで出かかったが、最後のひと口残ったビールと一緒に言葉を吞(の)み込んだ。母は、店先で売っていた伊勢うどんを二人前買った。

外に出たとたん、もわっとした空気が全身を取り巻く。少し歩いただけで、冷房の余韻は瞬く間に消え去った。九月に入っても、猛暑日は続いている。

通りに並んだ店を見て回り、早智子は陶器屋さんで、茉奈にはティーカップを、明人と佑人には茶碗を買った。息子たちが使っている茶碗はそれぞれ端がちょびっとだけ欠けていたのだったが、これといったものがなく、そのまま使っていた。

茉奈はいろいろな種類の紅茶を飲むのが好きなので、ティーカップはいくつあってもいいだろう。少し値は張ったが、同じ作家さんが作ったというティーカップと茶碗は、元気が出るようなビタミンカラーで、ごつごつとした手触りも素敵だった。

おはらい町の中ほどに、おかげ横丁という一画があり、ここにもたくさんのお店が並んでいた。さっき買ったのに、母はここでもまた海産乾物を買っていた。昆布、あおさ、海苔。ご近所にもおすそ分けするらしい。

それにしても暑い。地面から湯気があがりそうな気温である。

「温暖化ひどいね」

と姉が、やけに社会的なことを言う。

「暑いわ、熱中症になりそう」

母がハンカチを首に当てる。

「お姉ちゃん、ちょっとどこかに入って休憩しよう」

「うん、そうしよう。暑すぎるわ」

「つめたいものでも飲もう」

「あっ、そうだ！」

姉がなにかを思い出したように声をあげる。

「氷食べよう！　かき氷！」

ということで、氷を食べに店に入った。

「氷なんて、何年振りかしら」

心なしか母もうれしそうだ。母はいちごミルク、姉はメロンミルク、早智子は抹茶金時ミルク白玉入りを注文した。早智子はかき氷が大好きである。全部載せたい。

いただきまーす、と三人で声をあげる。

「はひーっ、つめたっ」

歯にきーんとくるが、汗は引く。

「かき氷なんて、何年ぶりかしらね。なんだか懐かしいわ」

母がまたつぶやく。

早智子は、抹茶とミルクとあずきをサクサクと混ぜて口に入れた。大好きな三つが相まって、プラス三ではなく、かける三になる勢いだ。そして、白玉。

「つめたい白玉のおいしさよー」

思わず声が出たので、そのまま一句、といきたいところだったが、それ以外はまったく浮かばず、

「夏は氷に限るね」

と、早智子は当たり障りないところで締めた。

「買いたいものも買えたし、もう帰るのよね?」

おおかた食べ終わった母が言う。時刻は三時半。

「猿田彦(さるたひこ)神社が近くにあるから、お参りしていこうと思ってるんだけど」

姉は最初からそのつもりだったようだ。お伊勢参りのときは必ず寄るらしい。早智子は行ったことがなかったので、行ってみたかった。

「もういいわよ。伊勢神宮だけで充分」

母は気が乗らない様子だ。

「お父さんが一人で心配だもんね。早く帰りたいよね」

すかさず姉が返すと、

「お父さんなんて心配じゃないわよ。顔を合わすのも面倒よ」

と、呆気(あっけ)にとられるようなことを言い、

「行くなら行くわよ。近いんでしょ」

と、しぶしぶというか、姉の作戦通りというか、猿田彦神社へ行くことを了承した

のだった。

おはらい町を下っていくと大きな道路に出て、そこを左折した右手側に猿田彦神社がある。おはらい町からは五分もかからない距離だが、氷の効果も長くは続かず、すでに汗だくだ。

「わたしたちが子どもの頃から、十度くらい気温が上昇してるよね」

早智子も温暖化を憂えずにはいられない。

「本当よ。昔は三十度でも大変な暑さだったってのに、今は三十八度とか平気で聞くものね。人間の体温を超えるなんて異常だわ。一体どうなっちゃうのかしら」

母も同調する。

「猿田彦神社は、みちひらきの神さまなの」

「みちひらき？」

「みんなを先導して、道を切り拓(ひら)いていくのよ」

姉の言葉に、あら！　と興味を示したのは母だった。

「それいいわね。わたしも自分の道を拓いていきたいわ」

力強い七十七歳の言葉だが、お父さんとは別々の道がいいわね、と続けたので、一気に不穏な空気になる。

もあり、手水舎で手と口を清め、拝殿で手を合わせる。早智子は母の言葉が気になったせい

──お父さんとお母さんが仲良く過ごせますように。

と、みちひらきとは関係ないことを願ってしまった。姉によると、それぞれの神さまごとに得意な分野があるそうで、となると、やはり神さまの得意分野を祈ったほうが願いが叶いやすいらしい。

が、今回は仕方ない。自分と夫のことはさておき、両親には仲良く過ごしてほしい。ちなみに姉に言わせると、願い事はひとつだそうだ。欲張っていくつもお願いしても、数打ちゃ当たるというわけではないらしい。

おみくじを引くと、吉だった。パッと目に入った〈願望〉の欄には、

──調う。しかし色情につき妨げ起る

と書いてあった。父と母のことを思って引いたので、なんのこっちゃと思い、そのままポケットにしまった。

境内には、佐瑠女神社もあり、こちらは芸事の神さまということだ。芸能・スポーツ関係、技芸の上達を祈る人たちが続々と参拝に訪れるらしい。

早智子は、書道の上達を願った。自分の身の上や近況も話したほうがいいと姉が助言してくれたので、五ノ丸神社で御朱印を書く仕事をしていることも伝えた。

母は三年ほど前からレース編みをはじめ、時間があれば手を動かしているので、そのことを願ったのではないかなと思ったりする。

お参りが終わったあと、姉の案内で神社の裏手に回った。御神田という田んぼがあり、青々とした稲が清々しく伸びている。

「はあー、気持ちいい」

思いがけず三人の声がそろう。母とは声がそっくりだと言われる早智子である。母からすると、早智子と奈緒子の声が似ていて電話だと区別がつかないと言うから、おそらく三人とも声の質が似ているのだろう。

「いい場所ねー」

大きく深呼吸をする。

夏の青空、まっしろな雲、こんもりと葉っぱをたたえた大きな木々。暑さも忘れて、田んぼを一周してみる。

「見て、イモリ！」

脇の水路にイモリを見つけた。野生のイモリを見たのははじめてで、早智子は思わず写真におさめた。ペットショップでしか見たことがなかった。

「昔はどこにでもいたけどねえ」

と母が言う。水がきれいで、よほど居心地がいいのだろう。たくさんの仲間たちと一緒に、泳いだり歩いたりしている。早智子にとっては思い出の風景ではなかったが、なんだか懐かしい気持ちが湧いてきて、こうして母と姉と三人でいると、どこか郷愁じみた思いになるのだった。

早智子たちは木陰にたたずんで、「良い気」を存分に浴びた。暦の上では秋だけれど、セミの声が空から大地から届いて、この暑い季節をつかの間いとおしく感じた。

「はーっ、涼しい」

早智子たちはおはらい町まで戻り、カフェに入った。疲れたらとにかくすぐにカフェに入るのは、アラフィフ女の鉄則である。ましてや、アラエイが一緒ならなおのことだ。

三人でブレンドコーヒーと、早智子と母はアイスクリーム、奈緒子はあんみつを頼んだ。カフェインと糖分補給も、忘れてはならない鉄則である。

「これで、あとはもう帰るだけね」

扇子であおぎながら母が言う。

「やっぱりお父さんが心配なんだね」

すかさず姉が返す。確信犯的な顔だ。

「なに言ってるのよ。そんなわけないじゃない」

「だって、すぐに帰りたがるから」

母はそれには答えずにそっぽを向いて、コーヒーをすする。

「ねえ、お母さんって、もしかして、離婚を考えたりしてるの？」

早智子は思い切って聞いてみた。母の、父への態度があまりにもつめたいのでずっと気になっていた。

「離婚なんてしないわよ」

早智子をにらんで、ぴしゃりと答えた。

「だよね。ごめんごめん」

「今離婚したって、なんのうまみもないじゃないの。あの人のほうが先に逝くだろうから、もらうものはしっかりもらいたいわ」

姉と顔を見合わす。

「……お母さんとお父さんって、なにかあったの？」

姉がたずねると、母は、大きなため息をついて、しばらくの間、黙って考えるそぶりを見せた。それから、意を決したように短く息を吐き出して、

「あんたたちも、もう中年だから言うけど……」

と前置きした。中年。確かに中年だが、母から言われると妙なおかしみと憎たらしさがある。

「うん、聞かせて」

姉がぐっと顔を突き出した。

「あの人、浮気してたのよ」

んぐっ。唾がへんなところに入った。姉も胸を叩いて水を飲んでいる。

「なにそれ。いつのこと？」

「三十年前と四十年前」

「……えっ？　二回ってこと？」

「あとはわたしが知らないだけで、もっとあったかもね」

姉と顔を見合わせる。今日、何度こうしてアイコンタクトを取っただろうか。

「どういう状況だったの？　めっちゃ気になるんだけど……」

父が浮気をしていたということが、にわかには信じられない。母は、フンッと息を吐き出して、話しはじめた。

「一回目は、同じ会社の人。どうしてわかったかっていうと、借金が見つかったから。相手に貢いでたのよ。貢いだっていっても、高いバッグや靴じゃないわよ。食事代やホテル代。お給料が安かったから、足りなかったんでしょ。サラ金から書類が届いてわかったのよ」

絶句。絶句中の絶句だ。父が浮気!?　あの父が？　温厚でやさしくて、誠実な父が？　いや、誠実ではない。誠実ではなかったのだ！

「に、二回目は？」

早智子がたずねたが、母はそこで黙った。

「ここまで言ったんだから全部教えてよ」

姉が促す。

「あんたたちに言っていいかどうか……」

「もう時効だからいいんじゃない？」

早智子も聞きたかった。この瞬間、母の気持ちを慮（おもんぱか）るよりも、下世話な好奇心があふれ出てしまう。

「桜庭（さくらば）さんよ」

と母が言った。桜庭？　つかの間、その名前の記憶をたどる。

「……正美（まさみ）ちゃん？」

思わず口からもれ出る。桜庭正美。早智子の小中の同級生である。

「まさか！　だっていくつよ！　娘の友達って……！」

驚きよりも怒りが先に立った。信じられない！　信じられない！　気持ち悪い！

「違うわよ。正美ちゃんのお母さんよ」

「は？」

正美ちゃんのお母さん？　小学生の頃、正美ちゃんが住むマンションに何度か遊びに行ったことがある。早智子は記憶の奥底から、正美ちゃんのお母さん像を引っぱり出した。早智子の頭に出てきたのは、ごくごくふつうのどこにでもいるお母さんだ。ほとんどなんの特徴もない、中肉中背のおばさん。

「うそでしょう⁉」

姉も正美ちゃんのことは知っているので、目を見開いたまま固まっている。

「そんなことで、うそつくわけないでしょ」

「だって、お母さんと正美ちゃんのお母さん、知り合いでしょ？」

「もちろんよ。PTAも一緒だったわよ」

姉は目玉が落ちそうなほど見開いている。そういう早智子も瞬(まばた)きを忘れ目がバキバキに乾燥している。

「ど、どうしてわかったの？　ど、ど、どうしてバレたの？」

舌がもつれた。バレたという言葉も、この場合の母への質問としてふさわしくないだろうけど、どうでもいい。早く先を聞きたい。

「同じ学区内なんだから、そりゃバレるでしょ。親しい人が教えてくれたのよ。旦那(だんな)さん、自治会長かなにかやってる？　桜庭さんと一緒にお忙しそうですね、って」

「なにそれ。わざわざチクってきたの？　いやな人だね」

「ううん、教えてもらってよかったわよ。町中の噂になるところだったもの。それに、なによりいやな人は、桜庭さんでしょうが」

そりゃそうだけど、と姉と二人であやふやにうなずく。

「だってあの人たち、近所のコンビニやスーパーで待ち合わせして、二人で車に乗り合ってホテルに行ってたらしいからね。そんなのすぐに噂になるわよ」

返す言葉がない。三十年前というと、自分は短大生の頃だと早智子は計算する。自宅から通ってはいたが、とにかくここぞとばかりに遊びまくっていた時期だ。一人暮らしの友人や恋人のアパートにしょっちゅう泊まりに行って、家のことなんてひとつもやらず、ましてや親のことなど気にしたこともなかった。

当時、父は会社勤めをしていたし、母は近所の小さな設計事務所でパート勤務をしていた。そんな不穏なことが起こっていたとは、知る由もなかった。

「ぜんぜん知らなかった」

と、姉も呆然(ぼうぜん)としている。

「……それで、どうなったの？」

おずおずとたずねると、母はフンッと鼻を鳴らして、しっちゃかめっちゃかよ、と言った。

「わたしにバレた頃、向こうのお宅でもバレたのよ」

「すったもんだしたあげく、四人で会うことになって……」

「ええー!?　どこで?」

「駅前のデニーズよ」

「ええー!?　まじか」

語彙力な、と自分にツッコむ。

「桜庭さんの旦那さん、ものすごく怒ってるかと思って、うちのお父さんが刺されても仕方ないって覚悟して行ったの。女房を寝取られたんだから当然でしょ」

女房を寝取られた、という言葉を、母の口から聞くことになるとは。アラエイになると、自分の娘も同性の友人と化すのかもしれない。

「わたしももちろん頭に来ていて、桜庭さんの顔を見るのも嫌だった。人の旦那と関係を持つなんて、人の道に外れてるでしょ」

人の旦那というのが自分の父親だというリアルに、口のなかがカラカラになる。

「桜庭さんの旦那さん、顔を真っ赤にして血管が切れそうだったわよ。うちのお父さんはただひたすら謝って、桜庭さんの奥さんはしくしく泣いてたわ。そのうちに、桜庭さんの旦那さんも泣き出してさ。大変だったわよ。結局、もう二度と会わないってそこで約束して、ご破算」

「ええー!?　うそお!」

修羅場すぎる。母は簡潔に話してくれたけど、そこにはもっとすさまじい、想像を超えるドロドロしたあらゆる感情のやりとりがあっただろう。

「桜庭さんちって、まだあのマンションに住んでるの？」

「それからしばらくして、引っ越したわ」

そりゃそうだろう。偶然会ったりでもしたら、気まずくて仕方ない。

コーヒーを三つ、追加注文する。なんだかすごい展開になってしまった。今いる場所が伊勢ということが、にわかには信じられない。伊勢神宮や猿田彦神社へ参拝したのが、はるか昔のことのようだ。

「お母さん、よく離婚しなかったね」

姉が言う。姉はバツイチだ。姉が離婚した理由は詳しくは聞いていないが、元義兄の経済的なことが要因だったと耳にしたことはある。

「離婚も考えたけど、離婚するほどの元気がなかったわね。毎日を過ごすのが精一杯で……」

目を伏せて言う母が、気の毒過ぎた。

「お父さんは、お母さんにちゃんと謝ったの？」

まあね、とため息交じりの母の返事を聞き、早智子は意味のないことを聞いてしまったと反省した。二度も浮気をした人に謝ってもらっても、そのとき限りのうわっつらだけの謝罪に決まってる。

「あれ以来、しょせんは赤の他人だって自分に思い込ませて生活してきたけど、歳をとったせいか、最近になって、そのときのことをよく思い出すの。孫たちも大きくなって、好々爺然としてるお父さんを見てると無性に腹が立ってね」

姉と二人でうんうんとうなずく。

「許せない気持ちわかる。わたしも、お父さん許せない。正美ちゃんのお母さんとだなんて……」

正美ちゃんがこのことを知っているのかどうかはわからないけれど、母親が友達の父親と浮気をしていたのを知ったら、穏やかではいられないだろう。真面目で勉強がよくできる子だった。

「わたしが許せないのは、お父さんよりも自分なのよ」

母の言葉にびっくりして、「どういうこと？」と、前のめりになって聞き返す。

「桜庭さんとデニーズで会ったとき、わたし、菓子折りを持っていったのよ。申し訳ありませんでしたって、桜庭さんの旦那さんに謝ったの」

えっ？

「どうして、わたしが謝らなきゃならなかったんだろうね。謝られるべきはわたしのほうなのに、夫がしでかした不始末をわたしが謝ったのよ。わたしだって浮気されて、桜庭さんの旦那さんと同じ立場なのに、わたしは桜庭さんの旦那さんにペコペコと頭を下げたの。うちの主人が申し訳ありませんでした、って何度も何度も、お父さんの保護者みたいに謝ったのよ。バッカみたい。なんでそんなことしたんだろ……」

つかの間、周囲の音が消えたみたいにしーんとした。

早智子はすんでのところで泣きそうになった。母は、二重の意味で苦しめられていたのだ。夫に浮気されただけでなく、妻の務めとして、夫の尻拭いまでさせられた。夫の不始末は妻が責任を取るという、愚かな風潮によって……。

「お母さんは、お母さんじゃないっての！」

思わず口をついて出てしまったが、非常にわかりづらかったと思い、言い直す。

「妻は、母親じゃないっての！」

と、これもわかりづらかったのか、母と姉の反応はなかった。早智子が言いたいのは、世の男ども、自分の妻を母親代わりにするなってことだ。親だって、責任を取るのは子どもが成人するまでだ。

それなのに、お父さん、そのとき何歳だよ！　三十年前、あなたは四十九歳だろが。なぜ四十九のオジサンの不貞を、妻が謝らなければならないのか。ムキーッ。

怒りながら、自分と同い年じゃないかと我に返る。信じられない！　今のわたしが、茉奈の同級生のお父さんと不倫をするってこと？　考えただけで、早智子は卒倒しそうになる。

「でも、そうせざるを得なかったお母さんの気持ちもわかる。そう言うしかなかったんだよね。まだそんな時代だったと思うし。それにしてもお父さん、サイテーじゃないの！」

姉の眉間(みけん)に深いしわが寄る。姉がこんなふうに怒るのはめずらしいことだ。

早智子たちが十代二十代の頃はまだ、男を立てるのは女の仕事だという風潮が当たり前にあった。早智子が入社した会社では、女性のお茶当番があったし、飲み会で女性がお酌するのも当然の振る舞いだった。

芸能人夫婦の夫が浮気をすっぱ抜かれると、

「世間をお騒がせして申し訳ありません。男の甲斐性(かいしょう)だと思って許してくださいな」

と妻サイドは、海よりも広い心の持ち主を演じてインタビューに答えていた。なんというアホくさい時代だろうか。

そう思いつつも、若い頃の習いは簡単には抜けず、気が緩むと今でもつい男を立てたり、かばったりしてしまう自分がいて、あとから憎々しい思いにかられるのも日常茶飯事だ。だから、母の気持ちは痛いほどわかる。

「お母さん、よくがんばったね。えらかったよう」

「ほんとだよ。そんなことがあったのに、よくお父さんと一緒にいたもんだよ。わたしたち、なんにも知らなかった」

「あの頃は、あんたたちに知られたら大変だと思って隠してたけど、結局話しちゃったわね」

　そう言って、母はふうっと息を吐き出した。

　母の、父に対する態度があまりにも冷たいから、なんとか気持ちを落ち着けてほしいと思って伊勢に連れ出したが、今となっては、父にムカついている娘二人なのだった。

「ところでお母さん。正美ちゃんのお母さんは、お母さんに謝ったわけ？」

　気になっていたことをたずねると、母は、ああ、ううん、と妙な相づちを打って、斜めにうなずいた。

「四人で座ってるときは、ずっとしくしくやってるだけだったけど、帰るときにほんの一瞬わたしと二人になったタイミングがあったのね。そのときに、悪かったわね、って小さい声で言ってきたわ」

「はあ!?　なにそれ！」

　早智子も奈緒子も椅子から立ち上がる勢いだ。

「いやだ。今思い出したけど、そのときのお会計も、わたしが払ったんだわ。ほんと、わたしってバッカみたいね」

母は口調とは裏腹に、悲しそうな顔だ。

「なんだか最近、そういうことをよく思い出すのよ。わたしの人生、聞き分けが良すぎた気がして。お父さんが骨折して、これから先の介護のこととか考えたら……ついきつく当たりたくなっちゃうのよね……」

そりゃそうだろう。母にバレたのは二回だけかもしれないが、他にもあるに違いないと早智子は見当をつける。二回浮気する奴は三回も四回も変わらない。それがまさか、自分の父親だとは！　やさしい男は誰にでもやさしいから気を付けろと、よく言うじゃないか。それがまさかの自分の父親だとは！

「……そろそろ行こうか」

姉が言い、カフェを出た。

空は、子どもが画用紙に描いたような、心のやわらかいところを刺激するような水色で、母から今聞いた話とのギャップに目がくらんだ。

タクシーで伊勢市駅まで行き、伊勢市駅から名古屋駅へ。新幹線の時間まで、まだ間があったので、またカフェに入ってアイスティーを飲んだ。何度も言うが、アラフィフ、アラエイの外出にカフェは必須だ。夏の時季は、倍必要。駅でそれぞれお土産を買って、新幹線に乗り込んだ。

帰りの三人並びの指定席はしずかだった。母は疲れていたのか眠っていたし、姉は窓の外をずっと眺めていた。早智子は持ってきた文庫本を読む気力もなく、身体は疲れていたが目がギンギンでとうてい眠れそうもなかった。本日二包目の加味逍遙散を服用し、まんじりともせずに座っていた。

ハンカチを出そうと、パンツのポケットに手を入れると、猿田彦神社で引いたおみくじが出てきた。

——調う。しかし色情につき妨げ起る

そうだった。忘れていたけれど、ものすごい的中率！　姉に伝えたかったが、ひとつ飛びの席なので、また今度にしようと思いとどまる。

おみくじをポケットにしまいながら、親だってただの人なのだという、わかってはいたが、見て見ぬ振りをしていた現実を目の前に叩(たた)きつけられ、早智子は、人間の業の深さを思わずにはいられなかった。

# 北野天満宮と京漬物

いい季節だ。木々を揺らす風が気持ちいい。暑さが去り、湿気が去り、肌の調子も快調だ。さわやかな気候に、身体が引き締まり体重も減ったような気がしていたが、昨夜体重計に乗ったところ、減っているどころか二キロも増えていた。まあ、いい。見なかったことにすれば問題ない。

ここのところ、早智子の起き抜けのひと言は、「人間不信っ」である。以前ほどのイライラはなくなったので、加味逍遙散が効いているのかもしれないが、伊勢からこっち、父へのもやもやは拭えない。

「いちばんいい季節だねえ。暑くもなく、寒くもない。ご祈禱するのにちょうどいいよねえ」

立花さんだ。ひとりごとにしては大きな声だったので、そうですね、と早智子は相づちを打った。

「ご祈禱のお客さんも増えてるし」

「はい」

「御朱印も繁盛してるし」

「はい」

「おみくじも人気だし」

「はい」

「伊勢神宮はおみくじ置かなくても潤ってるし」

「はい」

「世の中、不景気だし」

「はい」

「物価高エグいし」

「はい」

「なによう。はい、しか言わないじゃない」

「はい」

「んもうっ、おもしろくないなあ」

立花さんがじれったそうに身体をゆする。立花さんは、たまにこういう乙女っぽい仕草をする。

「前田さん、なにかあったんでしょ？　あったよね？　あきらかになにかあったよね？　顔に書いてあるもの」

そうたずねる立花さんはうれしそうだ。早智子はため息をついた。

「相談に乗るよー」

やはりうれしそうだ。

「一つ質問していいですか？」

早智子が人差し指を立てると、どーぞどーぞ、いくつでもどーぞ、と細い目を見開いた。

「立花さんって、浮気（うわき）したことあります？」

「ないよ」

コンマ一秒で返ってきた。

「浮気するような奴はクズだよ」

「ですよねー」

と、わざとらしく笑顔でうなずくと、立花さんはなにか言いたげに早智子を見たが、タイミング良くというのか悪くというのか、ちょうどべつの職員に呼ばれ、名残惜しそうにこの場をあとにした。

伊勢から二ヶ月が過ぎた。その間、三回父に会った。一人で会う気にはならず、すべて姉と連れ立った。

「奈緒子、早智子、よく来たなあ」

実家に寄ることを事前に伝えておくと、父は門まで出てきて待っていてくれる。足はだいぶよくなり、歩行も転倒前とほぼ変わらない運びに見えた。それはまあ、なによりである。

「みんな元気かあ？　さくらと美玖は仕事がんばって行ってるか？　晴彦くんも変わりないか？　茉奈はバレエどうだ？　明人と佑人はいよいよ高校受験だなあ」

と、毎回同じようなことを言う。父なりに気を遣っているのだろう。早智子と奈緒子はそれに対して、表面上はすこぶる明るく返す。

「いらっしゃい。ほら、お茶飲んで」

母が、待ち構えたようにお茶をいれてくれる。

「あら、お父さんもお茶飲むの？」

父の湯飲みが用意されていないのも、いつものことだ。

「お茶ぐらい飲ませてくれよ」

と、父が冗談みたいに返すのも定番で、

「お父さんはさっき飲んだばっかりだからいらないと思ったのよ。朝から、ずっとお茶とコーヒー飲んでるから。カフェインの取り過ぎで夜眠れなくなったら困るでしょ」

と、これも毎度のことだ。

「こりゃ一本取られたな。まいったまいった」

と頭をかく父も、デジャブみたいに毎回同じだ。

母の嫌みは相変わらずだけど、前よりは少しだけマシになった。娘たちに長年の秘密を話したことで、多少気持ちが楽になったのだろう。反対に、父の秘密を聞かされた娘たちは、穏やかではいられない。

目を細めて庭木を眺めながらお茶を飲む父。その横顔を見ていると、いつのまにかその輪郭がシャープになり、薄い白髪頭はたっぷりとした黒髪に変わり、目尻（めじり）や口元のしわが消えて、若かりし頃のダンディな父が出現する。

そのうちに、ハイヒールをはいたきれいな女性が会社の書類を持って、ここを教えてくださいと言って父の耳元に顔を寄せる。その女性は、いつのまにか正美ちゃんのお母さんにすり変わっていて、正美ちゃんのお母さんは「邦夫さん」と父の名前を呼ぶと、うれしそうにエプロンを脱ぐのだ。エプロンの下はなぜか裸で……。

という妄想が、早智子の脳内で繰り広げられる。そうなると、もう父の顔を正面から見ることができず、男って本当にいやだ！　と叫びたくなるのであった。世の娘にとって、父の性を想像することほど、居心地の悪いものはない。いや、居心地が悪いどころではない。キモい！　キモすぎる！　堪えられない！

おそらく姉も同じ気持ちだろう。もう限界、というところで、姉妹は腰をあげて、そそくさと実家をあとにするのだった。

父に真相をたずねたいのは山々だったが、まさか聞けるわけもなく、やさしく温厚な八十間際の父を前に、ひそかに心臓をバクバクいわせるだけだ。

「もしかして旦那さん？　だったりしてねー」

背後からぬっと顔を出したのは、立花さんだ。さっきの続きが気になって、戻って来たようだ。

「なんのことですか？」

早智子はシラを切った。

「さっきの浮気のは・な・し」

人の不幸は蜜の味、と顔に書いてある。

「立花さん、神職とは思えない下衆い顔してますよ」

「こんなイケメンになに言うのよ」

本気っぽく言う。立花さんがイケメンかどうかは置いておいて、立花さんは線画のような顔をしている。シュッシュッ的な薄い顔だ。

「夫じゃないです」

「じゃ、だあれ？」

下衆い笑顔で、立花さんがたずねる。

「……父です」

立場上、まったく関係のない立花さんになら話してもいいかと思った。こんな話、友達になんてできやしない。

「ハーン、お父さんかあ」

「なんでうれしそうなのよ」

「子どもからすると、親の性っていちばん知りたくないものだよねえ。わかるなあ。ぼくも経験あるから」

遠い目をして言う。早智子は期待を込めた目で立花さんを見た。同志がここにいた！

「ぼくの話、聞いてくれる？」

「もちろんです！」

「あれはぼくが高校二年生の頃だった……」

秋の風があたかも目に見えるように目を細めて、立花さんは話しはじめた。

その日、立花誠少年は翌日に英語の単語テストを控えていた。毎日夜の十時には就寝して、六時に起きるという規則正しい生活を送っていたが、この日はテスト勉強をしようと決めていた。英語は苦手な科目だった。毎回、教室内に単語テストの上位十人の名前が貼り出されるが、誠少年はこれまで一度も名前が挙がったことがなく、今回ばかりはと意気込んでいた。

「どうでもいいところは、省いてくれますか？」

前置きが長いので、早智子は口を挟んだ。早く本題に入ってほしい。

「どうでもよくないのよ。こういう前段階があってのことだから」

「……はいはい」

立花さんの瞳が過去に戻る。

誠少年は、普段の就寝時間を過ぎても机に向かっていた。時刻は二十三時を過ぎた。誠少年は、カフェインを補給しようと階下に降りていった。台所で濃いお茶を淹れようと思ったのだ。

ところが、いつも使っているお茶缶が空だった。新しい茶葉はどこにしまってあるのだろう。心当たりの棚をさがしたけれど見つからない。誠少年は、母親にたずねようと、両親の寝室のふすまを開けた。

「お母さん、お茶っ葉がないんだけど新しいのどこに……」

母は布団の上で四つん這いになっていた。その腰を父が膝立ちで持っていた。二人ともパジャマを着ていたので、ふざけていただけだったのだろうが、その瞬間、母は手にしていたスルメをポーンと放り、父はビールが入ったコップを倒した。

「なによ、一体どうしたっていうのよ？」

母がはすっぱな口調で言い、放ったスルメを拾って立ち上がった。父はこぼしたビールを拭くことに一生懸命だった。

「なあにい？　お茶っ葉がないってえ？」

スルメを歯で食いちぎりながら、母が台所に来た。はじめて見聞きするような母の態度と口ぶりに、誠少年は驚いた。日頃はとてもやさしく、怒ることも声を荒らげることもない母だった。

「お茶を飲もうと思ったんだけど……」

と誠少年は返した。

「ほらっ、これっ！」

母はスルメをしゃぶりながら新しい茶葉の缶を出し、スルメを食いちぎりながら寝室へ引っ込んだ。

誠少年は濃いお茶を淹れて二階へ持って行った。英単語の勉強は午前一時までがんばった。その甲斐あって、翌日のテストでは八位に入ることができ、はじめて名前が貼り出されたのだった。

「以上です」

「はあ？　なんの話ですか。親の浮気の話じゃないの？」

「親の性の話ですよ。誠少年は、それから何年かしてその日のことを思い出すんだよ。ああ、あれは、体位の練習ごっこだったんだなあって」

体位の練習ごっこ……。早智子はしずかに呼吸を整えた。

「父と母は、寝室で晩酌をしてたんだろうね。ほろ酔い加減で、ちょっと卑猥な話になって、体位のあれこれを試して遊んでいたんだろうよ。そこにまさかの息子が入ってきて、母は動転してスルメを投げて、その拍子に父がコップを倒したのさ。母は、とんでもないところを見られてしまったと思って、照れ隠しというか、恥ずかしさを払拭するために、はすっぱな物言いで、スルメを食いちぎっていたんだ」

「はあ……」

「自分がそういうことを経験してから、急にその日のことを思い出したんだよ。人間の記憶ってすごいよね」

なんの話だよ。

「母は恥ずかしかっただろうね」

「そうだったかもしれませんねー」

早智子は棒読みで返した。

「父と母もそういうことをするんだなって、なんだかびっくりしたよ。でも今思うと、あのとき両親はまだ四十そこそこだもの。そりゃ、そういうことだってあるだろうね」

「立花さん、今の話、全力でセクハラっぽいですけど」

「ええっ!?　どこが？　親の性の話って、事前に伝えたじゃない。こんなことでセクハラって言われちゃうんだもんなあ。世知辛い世の中になったもんだねえ。ああ、いやだ、いやだ。前田さんにまでそんなこと言われるなんて、ショックだよ」

「すみませんね」

なぜこっちが謝るのか、と謝ったあとで早智子は思う。

「もう一つ聞いて欲しい母の話があるんだ。あ、性の話じゃないから安心して」

「はいどうぞ」

「母方の祖母は、ぼくが小学校二年生のときに亡くなったんだ。当時、祖母は病院に入院していて、容態はあまりよくなかった。その祖母が亡くなる前に、母が夢を見たそうなんだ。ほら、病室のベッドに名前が書いてあるでしょ」

「ああ、書いてあるね」

急になんの話だろうと思いつつ、病室のベッドのネームプレートを思い起こす。

「祖母の名前は浜西テルっていうんだけど、ある日、病室のネームプレートが『浜西テラ』になってたんだって。名前を間違えてるよ、っていちばん上の兄に伝えて、ひどい病院だと言い合った。だって、寺だなんて縁起が悪いでしょ」

「テラ、寺……。確かに」

「で、次の日にまた同じ夢を見た。お見舞いに行ったら、今度は『浜西ハカ』になっていた。墓だよ、お墓」

「えっ？」

「翌日もまた夢を見た。今度は、浜西ホネ」

「……骨……ですか」

「で、その次の日は、『浜西ホトケ』。仏さまだよ」

「こわっ」

思わず声が出る。

「そして、祖母は亡くなった」

早智子の腕にぞわりと鳥肌が立った。

「虫の知らせっていうのかねえ。寺、墓、骨、仏、だもんなあ。でも仏さまになるんだったらいいよね」

と立花さんは、神職とは思えないようなことを言った。

「あ、ちなみにぼくは、広い心の持ち主だから、寺院も仏教もアリアリです。般若心経もそらで言えるよ。というわけで、親って、子どもにいろんなことを教えてくれる、ありがたい存在だよねえ」

「どんな締め方だよ……」

結局、父の件についてはなんのアドバイスもなかった。そもそも立花さんに相談しようと思ったのが間違いだった。

秋も深まってきた気持ちのいい日曜、午前十時。仕事も休みで、息子たちの塾も午後からなので、早智子はひさしぶりの惰眠をむさぼり、今しがた顔を洗って化粧をし、着替え終わったところだ。

ピンポーン

呼び鈴が鳴った。リビングにいた早智子は、宅配便だろうと思ってインターフォンに出た。

「はい？」

若い男が立っている。

「茉奈さんいますか？　あ、自分、刈谷といいます」

「え？　あ、はい、お待ちください」

茉奈の友達だろうか。茉奈を呼びに二階に行こうとしたところで、茉奈が降りてきた。

「刈谷くんが来てるよ」

「知ってる。イマカレ」

「え、彼氏？」

「そう」

「出かけるの？　デート？」

「そんなとこ」

「上がってもらう？」

「いい、もう行くから」

と言ったところで、あーっ、と茉奈が大きな声を出した。

「やだ！　髪、巻くの忘れた！　ハルトにちょっと待っててもらうように言って！」

「えっ？　寒いからあがってもらうわよ。茉奈、聞いてる？」

茉奈の姿はもうなかった。早智子は玄関ドアを開けて、刈谷くんになかに入るよう声をかけた。刈谷くんは一度は遠慮したものの、早智子が再度すすめると、お邪魔しますと言ってなかに入った。

「片付いてなくて悪いけど、そこに座ってね」

「はい」

掃除もまだしていないが、身支度を整えていたのは幸いだった。寝起きのままだったら、己の体裁を気にして外で待っていてもらったかもしれない。神さま、ありがとう。

「紅茶でいい？」

「あ、はい」

緊張しているのか、素直だ。身長は高くないが、ずいぶんとがっちりしている。

「刈谷くんは、なにかスポーツをしてるの？」

「柔道をやってます」

ほおっ、すてきじゃないか。

「ごめんなさいね。茉奈、なんだか支度し忘れたことがあったみたいで」

「あ、はい」

大きな肩を縮ませるようにして座っている。なんだかとっても感じのいい子だ。

「わっ！」

と、いきなりリビングに来て声をあげたのは、夫の晴彦である。シャワーを浴びていたらしく、タオルで髪を拭きながら出てきた。

「茉奈のボーイフレンドの刈谷ハルトくんです」

棒立ちのままの夫に内心イラつきながら、笑顔で刈谷くんを紹介した。

「おはようございます。お邪魔しています」

刈谷くんが立ち上がって頭を下げる。

「な、な、なんで」

「茉奈の支度が終わらないから、待っていてもらってるのよ」

なんで、ってなんだよ。

「おれの名前、晴彦」

突然なにを言い出すのかと、早智子は怪訝な顔で夫を見た。刈谷くんが、助けを求めるような顔で早智子を見る。

「おれは、晴れ日の晴。か、か、刈谷くんのハルトは、ど、ど、どういう字？」

「自分の『はる』は、太陽の陽です。『と』は北斗七星の斗です」

「……ああ、そう」

なんだ、その反応は。自分から聞いたんだから、そこから話を広げろっての。そもそも、ハルつながりよりも、トつながりだろうが。息子たちはアキトとユウトじゃないか。

「陽斗、お待たせー」

茉奈が、歯笛を吹きながら降りてきた。機嫌のいい証拠だ。茉奈の歯笛はさわやかだ。昔からの得意技。教えてもらって練習しても、早智子にはついぞできなかった。

「じゃあ、行ってきます」

「お昼はいらないのね」

「うん」

「夕飯は？」

「わかんない。また連絡する」

「お邪魔しました。ごちそうさまでした」

刈谷くんが正しい姿勢で挨拶をする。

「行ってらっしゃい」

玄関先で手を振って見送っていると、夫ものろのろと玄関に出てきた。薄くなってきたんだからとっくに乾いただろうに、まだタオルで髪を拭いている。

「ああ、行っちゃったか……」

ウザいので無視する。無視しているのに、なぜか夫は早智子のあとをついてくる。

「なにか用？」

「……知ってたの？　茉奈の彼氏のこと」

「さっき知りました」

「えっ」

いちいちうっとうしい。早智子は掃除機を手に取った。

「コードレスにしてから楽になったわー。そのつどコンセントに差さなくていいんだもの」

夫に話しかけられるのが面倒で、掃除機のスイッチを入れようとすると、

「なあ」

と言って、早智子の前に立ちふさがり、「いいの？」と聞く。

「なにがよ」

「茉奈の彼氏」

「べつにいいじゃないの。茉奈の自由でしょ」

「二人でどこ行ったの」

「知らないわよ」

「悪いことしなきゃいいけど……」

「悪いことってなによ」

聞いてもなにも答えない。

早智子は今度こそスイッチを入れて、ガーガーと掃除機をかけはじめた。

「ほら、どいて。邪魔です」

掃除機で夫の足先をつつくと、イタッ！　と大げさな声をあげ、そのまま足をぴょんぴょんと跳ねさせた。それから、

「ああー！」

と、掃除機の音をいいことに雄叫(おたけ)びをあげ、早智子の視界から消えた。

「……動揺しすぎだろ」

娘に彼ができたからといって、なにをそんなにあせる必要があるのか。ろくな挨拶

もしないで、「ハル」という漢字についてたずねた夫。刈谷くんもびっくりだっただろう。

　茉奈は、中学生のときも付き合っている彼がいて、学校の帰りに一度だけ連れてきたことがあった。夫は仕事だったから知らない。早智子もわざわざ言わなかった。だから夫は、娘の彼氏にはじめて会ったことになる。そもそも、娘の彼氏の存在を知ったのもはじめてだろう。でも、それがそんなにショックか？　嫁に出すわけでもないのに。青春真っただ中の十七歳、彼氏くらいいるだろう。

　それにしても、茉奈がもう十七歳かとしみじみする。あんなに小さかった茉奈がねえ。親の欲目かもしれないが、茉奈はかわいい顔立ちをしている。バレエを習っているせいか、姿勢もよく手足も長い。

　弟たちが生まれてからは、二人の面倒をよく見てくれた。双子の世話にてんてこまいだった早智子を労わって、小さな手で頭をなでてくれた。甘えたかっただろうに、聞き分けよくしてくれた。我慢することも多かっただろうに……。

　早智子は掃除機をかけながら、唐突に涙ぐんだ。双子の世話で忙しく苛立ちまぎれに、茉奈がたのしそうに吹いていた歯笛に「うるさい」と声を荒らげたことがあった。ああ、なんであんなことで怒ってしまったんだろう。ごめんね、茉奈。ひどい母親だ。ごめんね。途中、ひっ、と喉が鳴ったが掃除機の音でかき消された。

「茉奈ちゃん。かわいい茉奈ちゃん、茉奈ちゃん……」

あふれてきた涙を拭いながら掃除機をかけていると、明人が起き出してきた。そのすぐあとに、佑人も降りてきた。

「メシなに？　お母さん、朝ご飯！」

涙が一気に引っ込む。

「掃除機かけてるんだから、ちょっと待ってなさいよ」

昼間近に起きてきて、なにが朝ご飯だ。早智子はこの頃、息子たちに「メシ！」と言われるのがなによりも嫌だ。食べ盛りなのはわかるが、人の顔を見れば「メシ」「ご飯」とそれしか言わない。わたしの顔がご飯に見えるのだと思うと、早智子は心底憎たらしい。

「待ってられないから言ってんじゃん。腹減った。メシ！」

ここでメシを出さないと、カップラーメンを勝手に食べはじめるか、コンビニでジャンクなものを買ってくること確定なので、早智子は仕方なく掃除機を置いた。

フライパンに焼いた肉、小鍋にみそ汁、炊飯器にご飯があるのに、どうして自分でよそわないのか。甘えてる。甘えくさってる。

「あんたたち、マザコンだね。なんでもかんでも、お母さんお母さんってさ」

ムカつきついでに言うと、

「マザコン上等！」

　と二人で声をそろえた。嫌みも通じないらしい。とはいえ、こうして息子たちの食事をテーブルに出してやるわたしも相当な親バカだろうと早智子は思う。けれど、作ったものもろくに見ず、スマホに目をやりながら口を動かしている息子たちを見ていると、やはりイライラはつのる。

　早智子は掃除機の柄をこん棒のごとく持ち直し、掃除に戻った。

「ママ」

　ガーガーガー
「ママ」

　ガーガーガー
「ママってば！」

　夫に肩を叩かれた。

「はい？」

　悲愴な顔を演出している。

「なんですか。わたしはあなたのママではありません」

「は？」

　夫が頓狂な声を出す。自分も夫のことは、パパ、と呼んでいるが、このタイミングでの「ママ」はムカついた。

「なにか用ですか？」

「さっきのさ、茉奈の彼氏だけど大丈夫なのかな」

「だから、なにがよ」

「二人きりにさせると、なにかと……」

「なにかと、ってなによ。はっきり言いなさいよ」

早智子が促しても、だんまりを決め込んでいる。

「わたし掃除中なんだけど。あっ、ヒマならパパがかけてよね、掃除機。はい、どうぞ」

掃除機を渡そうとしても受け取らない。

「こ、子どもでも出来たらどうするんだよっ」

耳まで真っ赤にしながら、早智子を見つめる。

「子ども……？」

上目遣いの、なんともいえない表情の夫。電車で隣り合った人のスマホから、アダルト画像がたまたま目に入りました、どうしましょ、みたいな顔だ。

「キモッ！　キモッ、キモッ、キモッ！」

早智子は叫んだ。

「なっ、なんっ……」

「って、茉奈が聞いたら言うだろうね」

「心配じゃないのかよ」

「そんなに心配なら、本人に言いなさいよ。わたしに言ったってしょうがないでしょ」

「女親じゃないか」

「……へえ、ふうん、そう。こういうところでジェンダー差別ですか。わかりました。じゃあ、わたしは茉奈に言うから、あなたは明人と佑人にちゃんと言ってください。なにかあったとき、男のほうが責任逃れしやすいんだから」

「お、おう」

「明人ー！　佑人ー！　パパから大事な話があるって！」

早智子が二人を呼ぶと、

「なに？」

とそろってスマホから目を離した。

「あー、あのさ、二人は彼女とかいるの？」

夫がしらじらしく軽い調子でたずねる。

「はっ？　なに急に。ウザッ、キモッ」

と佑人が返し、明人は夫をひとにらみした。

「二人とも中三で受験生だから、勉強しっかりな」

急に受験の話題に変える夫。早智子は大いに呆れた。どうして性の話から、勉強の話になるのだ。

最近、加味逍遙散が効いてきたなと思っていたが、夫に対してのイラつきは、更年期とは関係ないらしい。


夕方に茉奈から、陽斗も一緒に夕飯いい？　という連絡が入り、早智子はいいよ、と返事をした。餃子かから揚げでいいだろう。

スーパーに行ったら鶏肉が特売だったので、から揚げに決めた。近頃の明人と佑人の食欲もすごいけれど、柔道をやっている刈谷くんはもっと食べることだろう。先月、炊飯器が壊れ、一升炊きのものを手に入れたところだったので、ちょうどいい。八合で間に合うだろうか、一升炊いたほうがいいだろうか、などと考えながら帰宅した。

「刈谷くん、うちに寄って夕飯食べていくから」

一応、夫に伝えた。少し時間が経過して気持ちが落ち着いてきたのか、夫は、わかったと真面目な顔で仰々しくうなずいた。そういうところも鼻につく。

「姉ちゃんの彼氏？」

刈谷くんの姿を目にして、すぐにそう言ったのは佑人だ。

「そっ。陽斗ね。こっちは双子の弟の佑人。今降りてきたのが明人ね」

茉奈が紹介すると、明人が「ちわっす」と挨拶した。

「お邪魔してます」

刈谷くんは礼儀正しい。

「すっげ。柔道やってるんすか？　耳超かっこいいですね」

「ほんと、かっけー。一発で強いってわかるわ」

男子は強いものが好きらしい。

「でも、イヤホンできないんだよね」

刈谷くんが律儀に答えてくれ、双子たちが喜んでいる。

「適当に座ってね。お腹空いたでしょ。たくさん作ったからいっぱい食べて」

レタスとミニトマトとブロッコリーで縁取りし、から揚げを盛った大皿を三つ並べた。あとは各自に、みそ汁と小鉢に酢の物。かっこつけても仕方ない。

「いらっしゃい」

どこに消えていたのか、突然現れる夫。折り目のついたスラックス、シャツの上にカシミアのセーター。一人だけよそいきの恰好をしている。息子たちはジャージ上下。早智子もジーンズに着古したセーターだ。明人と佑人がひそかに失笑している。カシミアのセーターに汁でもついたら面倒なので、即刻着替えてほしかった。

「いただきまーす」

夫が席についた瞬間、明人と佑人の箸がから揚げに伸びる。大皿を三つ用意して正解だった。双子は一皿を二人で食べるがいい。

「陽斗、遠慮しないで食べてね」

「うん」

とうなずいて取り皿にから揚げを一つだけ取る。なんと奥ゆかしい。茉奈が笑って、刈谷くんの取り皿にたくさんのから揚げを取ってあげる。仲睦まじくていいわあ、と早智子は、ほっこりする。

「刈谷くん、ビール飲むか？」

夫が缶ビールを掲げて言う。

「なーんて、冗談冗談」

「ハハ」

と、お愛想笑いをしてくれるやさしい刈谷くんだ。

「今日はどこに行ってきたんだ？」

「みなとみらいのほう。買い物したり、いろいろ」

夫の問いに茉奈が答える。

「ほう、いろいろかあ……」

含みを持たせた言い方が気になる。

「いつから付き合ってるの？」

「二ヶ月前からです」

刈谷くんが頬を染めながら答える。

「高校で付き合ってるカップルって多いの？」

「えぇっと……」

と刈谷くんが首を傾げる。

「お父さん、なんでそんなこと聞くの？　他のカップルのことなんて知らないよ。数えてるわけじゃないんだから」

茉奈が言う。

「付き合う、ってどういうことを指すんだっけ？　なにをすると付き合うってことになるの？」

夫のとぼけた質問に、場はしらけた。

「お父さん、変なこと聞くのやめてくれる？」

茉奈はものすごく不機嫌な顔だ。当然だろう。

「お父さんって、まじキモッ。てか、お父さん、中学生や高校生のときに付き合ってる人いなかったの？」

　佑人が聞いた。

「そ、そりゃあ、いたさ。いたよ、いた」

「じゃあ、わかるじゃん」

夫が、そ、そうだな、とうなずく。夫に中高生のときに付き合っている人なんて、絶対にいなかっただろうと、早智子は確信する。

「明人も彼女できたもんな」

　佑人が言い、茉奈が「そうなの⁉」と声をあげた。

「誰？」

「姉ちゃんは知らないよ」

「二個下なら知ってるもん。教えてよ」

「樹里亜（じゅりあ）だよ、樹里亜」

　答えたのは佑人だ。樹里亜ちゃんという名前は、早智子も何度か耳にしたことがあった。

「知ってる！　わたしの同級の翔太（しょうた）の妹じゃん。めっちゃきれいな子だよね」

「モデルかなにかしてるんだっけ？」

　と早智子も口を挟んだ。明人は照れているのか、なにも言わない。なかなかモテるじゃないの、と早智子は内心誇らしく思った。

「明人。変なことするなよ。わかってるよな」

夫の言葉に、今度こそ場は凍り付いた。

「もういらね」

明人が苛立たしげに席を立ち、二階へとあがっていった。佑人は、小さくキモッとつぶやき、茉奈は夫をにらみ、刈谷くんは困ったように目線を下げている。

おそらく夫は、刈谷くんへのけん制として、明人をダシに使っただけなのだ。

「なんだよ、明人の奴。機嫌悪いなあ。あはは」

夫が必死に取り繕うも、あとのまつりである。早智子は、刈谷くんのために話題転換を試みた。

「刈谷くん、柔道の試合とかあるの？」

「はい、来月あります」

「そうなの？　見てみたいわ」

「お母さん、来なくていいよ。わたしが応援に行くから」

茉奈が言う。

「はいはい」

「刈谷くんは、柔道推薦でうちの高校に来たんだよ」

「へえ、そうなのね」

茉奈の通っている私立高校は運動部が盛んだ。なかでも柔道部は全国大会出場の常連らしい。

「もう大学からも声がかかってるんだよ。すごくない？」

「えっ、二年生で？」

そうなの、と茉奈が自分のことのようにうなずく。刈谷くんは終始にこやかに微笑んでいる。いがぐり頭がいい味を出している。お互いに好き合っている様子が伝わって来て、ほほえましい限りだ。

「おれも、姉ちゃんの高校にしようかなあ」

佑人が言う。

「うん、いいんじゃない。おもしろいよ」

できれば公立に行ってほしい、と早智子はひそかに願う。

夏休みにいくつかの高校のオープンスクールに息子二人と一緒に行ったが、どこでもいいや、というやる気のない返事ばかりで、早智子だけがやきもきしているこの頃である。

食事のあと、茉奈と刈谷くんは茉奈の部屋へ行き、佑人も自室へ戻った。入れ替わりに、食べ足りなかったのか明人がやって来て、残ったから揚げを食べはじめた。

夫は、茉奈のことが心配な様子だったが、酔いで忘れることにしたらしく一人ソファに座ってビールを飲み、野球中継を見はじめた。明人も、さっきのことはどうでもよくなったらしく、夫に文句を言うことなく、黙々と食べている。

根に持たないのはいいことだ、と明人に対して思うが、あの場であんなことを口走った夫には、やはりムカつく。

「汚れるから脱いで」

早智子は夫のカシミアのセーターを脱がして、ハンガーにかけた。シミはつけていないようでホッとした。

その後、刈谷くんは礼儀正しい挨拶(あいさつ)をして帰っていった。いい子だね、と茉奈に声をかけると「もち」と、誇らしげに返ってきた。すっごく真面目でやさしいよ、と続く。うれしそうな茉奈の顔を見ているだけで、こちらまでうれしくなる。

「お父さんの勘ぐりが、いやなんですけど」

茉奈が顔をしかめる。夫は風呂(ふろ)だ。

「まあね。でも心配してるのよ。許してやって」

娘には、そう伝えるしかない。

「うん、わかるけどさ」

と、ムカつき半分、しょうがないな半分の顔だ。茉奈のほうがよほど大人である。

「ねえ、お母さん。ここだけの話だけど、明人の彼女の樹里亜ちゃんって、かなりイケイケなんだよ」

音量を落として茉奈が言った。

「イケイケ？」

「うーん、なんていうのかな、グイグイいくタイプ」

「グイグイ？」

「まあ、好き同士なんだろうから、いいんだけどね」

と、茉奈は締めたが、イケイケ、グイグイという言葉は、早智子の頭にうっすらと残った。


樹里亜ちゃんの噂を聞いたのは、ママ友の里美ちゃんからだ。里美ちゃんは、上の子も下の子も同い年だから情報も共有できるし、なによりウマが合う。

ファミレスでひさしぶりにランチをし、日頃のうっぷんをしゃべりまくった。ドリンクバー神！　と子どもたちが言いそうなことを口にし合い、げらげらと笑った。アラフィフになったって、こんなものだ。

話は、学校のことや塾のことや先生のことや高校のことやらを行ったり来たりして、時間は瞬く間に過ぎていった。子育て中は、こういう時間が必要である。だって、一体ぜんたい誰とこんな話をすればいいのだ。早智子の学生時代の友達は結婚していないパターンが多くて子育ての話は共通点がないし、姉も母も一から説明しないと埒が明かない。夫など論外だ。

気心の知れた、忖度なしで笑い合えるママ友、里美ちゃんとの時間は、ストレス解消の最たるものである。

「ところで明人さ、樹里亜ちゃんと付き合ってるんだってね」

「そうなのよ。こないだ知ったばかり」

里美ちゃんの娘である彩香は、学校での出来事を逐一話してくれるらしく、いろいろな情報を持ってきてくれる。

「樹里亜ちゃんが明人のことを好きになったらしいよ。樹里亜ちゃんが猛アタックして、明人が落ちたんだってさ」

と里美ちゃんが教えてくれ、ここで爆笑となる。中学生がなにをやってるんだかと、おかしくて仕方ない。

「でもさ、ちょっと言いづらいんだけど、樹里亜ちゃん、近頃いい噂を聞かないんだよ。モデル事務所にタバコを吸ってるのが見つかってクビになったみたいで、荒れてるんだって。学校でも授業を抜け出したりして、問題起こしてるらしいのよ」

「そうなの？」

はじめて聞く話だ。

「パパ活してるって聞いたこともある。まあ、真実かどうかはわからないけど」

「マジで……？」

「明人の前は大学生と付き合ってたらしくって、しょっちゅう泊まりに行ってたみたい。朝帰りでそのまま学校に登校して、そういうことを自慢するように平気で話すからみんなに筒抜けだって」

早智子の顔には今、マンガだったら「ガーン！」という効果音とともに、目のまわりに縦線がたくさん入っていることだろう。

いつの時代にも「樹里亜ちゃん」はいる。早智子が中学生のときもいた。男子たちは「樹里亜ちゃん」本人よりも、「樹里亜ちゃん」の身体に興味津々で、列になって「樹里亜ちゃん」待ちをしていた。

その「樹里亜ちゃん」が、我が息子の彼女とは……。明人は今、その列の最前列の特等席にいるのだ。

「彩香から聞いたけど、樹里亜ちゃん、明人に同じ高校に行こうって誘ってるみたいよ」

驚いて、いったん唾を呑み込む。

「そ、それ、どこの高校？」

「川丘(かわおか)だって」

「えっ……」

思わず絶句する。川丘は県内でも最下位レベルの高校で、素行の悪さで目立っており、何度か新聞を賑(にぎ)わせたことがある。高校情報に疎い早智子でも知っている。県内に住んでいる多くの人間が知っていることだろう。

彩香の話によると、明人もまんざらではないようだ、とのことだった。

「明人のやつ、なにも言わないからぜんぜん知らなかった」

「……ちょっと面倒な子に好かれちゃったよね」

里美ちゃんが視線を落としてつぶやいた。

夫よ、茉奈の心配をしている場合ではない。ヤバいのは明人のほうだ。


その日の夜、さっそく夫に明人と樹里亜ちゃんのことを伝えた。

「あはは。男だからいいじゃない。モテないより全然いいよ」

男も女も、モテるモテないも関係ない。

「笑い事じゃないでしょ。樹里亜ちゃんが妊娠でもしたらどうするのよ」

「なにそれ。ちょっとママ、明人はまだ子どもだよ。そんな話よしてくれよ」

と、今度は顔をしかめる。刈谷くんに対してはそのことしか頭になかったくせに、どういう神経回路なのかわからない。

「それに、川丘なんて行ったら大変よ。パパだって川丘のことは知ってるでしょ」

「確かに川丘はなー」

「廊下で平気でタバコを吸ったり、授業中に髪をブリーチしたりしてるのが、日常茶飯事の学校なのよ。そんな環境に明人を入れていいと思う？」

「今どきそんな学校ないよ、昭和じゃん。ガセネタだってば。明人だってバカじゃないんだから、彼女に誘われたって川丘なんて行かないだろ。そこは信じてあげなきゃ」

「…………」

ダメだ。なにもわかっていない。わかろうとしていない。こいつに相談しても、なにも解決しない。

「世の中の妻たちは、こうして『夫イコールこいつ』になっていくんだね」

「ん、なに？　よく聞こえなかった。もう一回言って」

いいえ、もうけっこうです。心のなかでぴしゃりと言い、早智子は夫の言葉をスルーした。

親から見ると、双子とはいえ明人と佑人の性格はぜんぜん違う。簡単にいうと、長男の明人は真面目で、次男の佑人はやんちゃ。兄弟喧嘩（げんか）になって先に折れるのは明人で、先に泣き出すのが佑人。ルールを守るのが好きなのが明人で、ルールを破ることをおもしろがるのが佑人。知識を味方につけるのが明人で、勘を頼りにするのが佑人。

ここだけの話、明人のほうが育てやすかった。聞き分けのいい明人がいたおかげで、幼い頃の目まぐるしい日々を乗り越えられたと思っている。

が、ここに来て形勢は逆転した。近頃、明人の様子がおかしいなとは思っていた。なにを聞いてもろくに返事をしないし、夜遅くまで起きているのか、朝もなかなか起きられない。今は佑人のほうが早起きだ。

起きたら起きたで朝食もそこそこに洗面所に直行し、ドライヤーでずっと髪をいじっている。野球部のときは短髪だったから、髪が伸びてきて、セットするのもたのしいんだろうなと思っていたが、焦げ臭くなるまでドライヤーを当て続けているので、発火でもするんじゃないかと心配になる。最近は香水までつけ出して、それがまた早智子の苦手な匂いで、すれ違うたびにうっすらと気持ち悪くなるほどだ。

それらの変化を、早智子は良い兆候に捉(とら)えていた。ようやく明人も年頃らしくなってきたと。

でも、それが樹里亜ちゃんの影響だったとは！

いや、恋愛で成長するのはいいことだ。いいことだけど、性の匂いがぷんぷんするのが気になる。セックスにおぼれる中学生の我が子など、とうてい許容できるものではない。

　里美ちゃんとのランチのあと、明人にさりげなく彼女について話しかけてみたが、生返事ばかりで、まったく煮え切らない。しまいには、「うるせえ」「ウザい」のオンパレードで、とりつく島もなかった。

　どうしたものかと頭を抱えていると、茉奈がバレエから帰ってきた。

「茉奈ー」

　おかえり、の前に思わず泣きついてしまう。

「なに、どうしたの？」

「ちょっと相談が……」

「相談？」

　うん、お願いと言って、茉奈の部屋に押しかけた。

「明人と樹里亜ちゃんのこと」

「あー、だから言ったじゃん。イケイケ、グイグイだって」

「同じ高校に行こうって、樹里亜ちゃんが誘ってるんだって」

　それが川丘だと伝えると、茉奈の顔も曇った。

「あそこ、退学者がめっちゃ多いよ。うちの学年からも一人行ったけど、一年の五月でやめてる」

はあーっ、と大きなため息が出る。

「明人は本当に川丘に行きたいの？　ちゃんと聞いた？」

「まだ」

「樹里亜ちゃんと付き合ってることについては、うかつなことは言えないけど、高校進学のことはきちんと話し合ったほうがいいよ。くれぐれも、樹里亜ちゃんのせいにしないように。ってか、樹里亜ちゃんの名前も出さないほうがいいね」

「……わかった」

茉奈のほうが、夫よりもよほど頼りになる。


それから早智子は、三日ほど頭を冷やした。

中学生だって恋愛してもいい。でも樹里亜ちゃんとはダメだ！　絶対反対！　偏見だってわかってる。でも、ダメなものはダメ！　という感情を、三日間のうちになんとか抑え込んだ。

折しも三者面談が目前だ。早智子は明人と佑人がテーブルについたタイミングで、進学のことをたずねてみた。

「もうすぐ三者面談だけど、進学先決めた？」

おそらく学校から、希望進路を記載するプリントが届いているはずだ。茉奈のときは、第三希望まで書いたプリントを事前にちゃんと見せてくれた。明人と佑人ももらっているはずだが、自分で書いただけで親には見せないつもりだろう。

「佑人は？」

まずは佑人に聞いてみた。

「報明か天王安」

両方とも私立高校だ。

「公立は受けないの？」

「やっぱ、サッカーの強いところに行きたいから……」

ぐぐっ。確かにこのあたりはサッカーの強い公立高校はない。茉奈は私立一本で受験したこともあり、佑人にだけ考え直してとは言えない。

「明人は？」

私立高校の学費のことを頭にぶら下げながら、本命の明人にたずねた。

「……まだわかんないけど、たぶん澤西か川丘」

出た、川丘！　冷静に、冷静に。

「なんで川丘？　澤西と偏差値がぜんぜん違うじゃない」

澤西も公立高だが、地元の中堅高で人気がある。

「うるさいな。なんでもいいだろ」

いきなりキレる。と、ここで佑人が笑い出した。

「だって、アレだもんなー。イヒヒ」

含みを持たせた笑いだ。樹里亜ちゃんとのことは、学校内でも評判なのだろう。

「川丘は県内でも最低レベルの高校って知ってるよね。校内も荒れてて何度もニュースになってるし、退学者も多い。進学する生徒もほとんどいないのよ。明人、大学に行きたいって言ってたじゃない」

「いつの話だよ」

「就職するにしたって、川丘だとほとんど求人がないって。そういうこと、ちゃんと考えてるの？」

「うるさいっ」

明人はそれだけ言って、足を踏み鳴らしながら二階の自室へと引っ込んでしまった。

「はあーっ」

ため息をついて顔を覆うと、しょうがねえよ、と佑人が笑った。

「樹里亜と付き合った時点で終わってるから」

「どういう意味？」

「樹里亜は狙った獲物は逃さないから。でもまあ、高校に行ったらすぐに別れるだろうけど」

おかしそうに佑人が言う。兄のことが心配というより、おもしろがっているところが中学生過ぎる。

「川丘行ったら人生詰むね」

と、どこまでも他人事なのだった。


三者面談は予想通りだった。佑人はいろいろと考えたらしく、天王安一本に絞った。私立一校の場合、成績の評定で、ほとんど合否は決まる。受験はするが、ほぼ確定したといっていいだろう。

問題は明人だ。

「最近は授業中に寝ていることが多いです。ここのところ成績も下がってます。明人さん、なにか心当たりある？」

担任の青葉先生がたずねる。三十代の女性教諭だ。樹里亜ちゃんとのことも、もちろん知っているだろう。

「なんもないっす」

反省どころかニヤニヤしている。

「希望校は澤西高校か川丘高校って書いてあるね。偏差値がかなり違うけど、どうして？　川丘高校は、はっきり言っておすすめできないよ。途中退学する生徒も多いです。明人さんの成績だともったいないと思います」

「ハハ、そうっすかー」

ヘラヘラと答える。なにを言っても無駄なようだった。早智子は青葉先生と顔を見合わせて、互いに息を吐き出した。川丘高校と書いたのは、樹里亜ちゃんの影響だと、先生もわかっているのだろう。困ったように眉(まゆ)を下げていた。


つめたい北風が首元に差し込んできて、早智子は思わずコートの襟を合わせた。冬の京都。気温は関東とたいして変わらないが、風はきんとつめたい。

早智子は鳥居の前に立ち、「天満宮」と書いてある金の文字を見上げた。澄んだ青空に映えて神々しい。

北野(きたの)天満宮である。

姉に、明人のことを伝えたら、それなら天満宮だと言われたのだ。

「さっちゃん、天神さんに行くよ！　道真(みちざね)さんに会いに行こう！」と。

天神さんってなんだっけ。道真さんって誰だっけ。と思っていると、

「受験のときは天満宮よ。菅原(すがわら)道真さまは学問の神さま。太宰府(だざいふ)天満宮が有名だけど、福岡は遠いからね。京都なら日帰りで行けるし。わたし、北野天満宮が大好きなの！」

と、続いた。その後の姉の言葉の端々から、天神さん＝天満宮、道真さん＝菅原道真公、ということは理解した。日本にはたくさんの天満宮があるが、天満宮というのは菅原道真をご祭神とした神社のことを指すそうだ。

これまでの人生で、天神さん、菅原道真、天満宮、などのワードはもちろん耳にしたことはあったが、それがなんなのか、ということは考えなかった。この歳になって知ることの多さたるや。

それにしても、冬の空の青さは格別だ。空気が澄んでいるから、空も透き通って見える。早智子と奈緒子は、一の鳥居を抜けて手水舎で手と口を清めた。

「なんかビリッとして気持ちいいね」

冬の寒さとはべつの、キリッと厳かな空気感。

「さっちゃん、さすがよ。そうなの、この感じ。ちょっと厳格な感じ。これが北野天満宮の良さなのよ。太宰府天満宮とはぜんぜん雰囲気が違うの」

姉が目をらんらんと輝かせて言う。早智子は太宰府天満宮に行ったことがないので違いはわからないが、そう言われると無性に行きたくなる。雰囲気の違いを確かめたい。

楼門の上部に、「文道大祖　風月本主」の文字が掲げてある。文学の祖という意味だろうと見当をつける。風月のほうは和歌に秀でていたということだろうか。早智子は、道真さんがなにをした人なのかは知らなかったが、とにかくめっちゃ頭がよくて学問ができたということだけは理解した。

「さっちゃん、見て」

姉が三光門を指さす。

「ほら、あそことあっちとそっち。太陽の日の出と日の入りと、三日月の彫刻があるでしょ」

「最近、目が悪くて……」

早智子はバッグからメガネを取り出した。元々近眼気味なのに、近頃は老眼もはじまってきて、複雑極まりない視力になっている。

「どれどれ。ああ、うん、太陽は見えた。三日月は？　どこ？　あっ、ああ、あれね。犬の間にあるやつ」

「犬じゃなくてうさぎね」

確かによく見ればうさぎだった。

「三光って、日、月、星の意味なんだけど、星の彫刻だけがないんだって」

「そうなの？　なんで」

「当時、帝が住んでいたお屋敷から北野を見ると、ちょうどこの門の上に北極星が光ってたんだって。だから、この門が北極星そのものってわけ」

「だから星の彫刻がないんだ。へえー」

「神社仏閣は、こういう七不思議みたいな由来があるからおもしろいよねー」

姉が顔をほころばせる。姉は子どもの頃から、謎解きが好きだ。数独やらクロスワードパズルやら、時間を忘れてじっくりとやっていた。ジグソーパズルも好きで、小指の爪ぐらいの小さいピースのジグソーパズル（雪の金閣寺かなにかだった）を、母と二人で真剣にやっていたことを思い出す。早智子は見ているだけで気が滅入って、叫び出したくなったものだ。

そういうところは、姉は母と似ている。早智子は、何事も大ざっぱで、直感で物事を決めるタイプなので、どちらかというと父に似ている。浮気三昧のあの父に！　そもそも浮気だって、もっとうまくやれたはずなのだ。同じ会社の部下や近所のママなど、バレるに決まってる、とそこまで思って頭を振った。

なにが言いたいのかというと、早智子は三光門のいわれになんの興味もないのだった。すばらしい彫刻を見て感動はするが、早智子がおもしろいと思うのは、神社によって異なる狛犬の表情や手足の太さや毛並みのほうだ。かっこよかったりかわいかったり、立派なイチモツを持っていたりする（寒川神社の狛犬さんのイチモツは立派だった）。

本殿が見えてきた。平日でも参拝客は多く賑やかだが、空気はどこまでも厳かだ。

「神さまへのお願いごとはひとつだから、わたしは佑人の合格祈願するね。さっちゃんは、明人のことをお願いして」

佑人のほうは私立一本なのでほぼ確実だから、姉にわざわざ頼んでもらわなくても大丈夫なのだが、姉が「兄弟は公平にしなきゃいけない」と言って、請け負ってくれた。ありがたくて、鼻の奥がつんとした。

参拝者の列に並びながら、早智子は気合を入れた。明人の高校進学のことを、心からお願いするつもりだ。

早智子たちの番が来てお賽銭を入れた。お賽銭は、音が鳴るほうがいいと姉が言うので、いつもは三百円を入れるようにしているが、今日ははりきって百円玉十個の千円だ。投げるのは失礼なので、しずかに賽銭箱にすべり込ませる。

二礼二拍手して手を合わせ、「祓え給え　清め給え」と三回繰り返した。これも姉からのアドバイスだ。神さまへの挨拶になるらしい。もっと丁寧な挨拶は祝詞だが、早智子はいっこうに覚えられない。

神社に勤務しているので、祝詞はしょっちゅう耳にしている。さまざまな種類のものがあり、どれを聞いても心地いい。特に立花さんの祝詞はとてもいい。まわりの空気が清涼になるのが、はっきりと感じられる。

姉の奈緒子は、神社では必ず祝詞をあげているが、早智子は「祓え給え　清め給え」が精いっぱいだ。それだって出だしを忘れて、思い出せないときがある。

早智子は名前と年齢と住所を言って自己紹介し、明人の生年月日も告げ、今日は明人のお願いで参った旨を伝えた。そのあとは端によけて、うしろの人に場所をゆずった。神さまに、明人の状況を説明しなくてはならない。

明人と樹里亜ちゃんが付き合っていること、樹里亜ちゃんの影響で希望校を決めようとしていること、川丘高校の雰囲気などを話した。そして改めて、

――北野天満宮の神さま。菅原道真さま。長男の明人が、日々たのしく前向きに過ごせる高校を受験して、そこに進学できますように。何卒(なにとぞ)何卒よろしくお願いいたします――

と、必死にお願いした。

これは、姉がこういうお願いの仕方のほうがいいと教えてくれたのだ。早智子は、「樹里亜ちゃんと同じ川丘高校を選びませんように。澤西高校に受かりますように」とお願いしようとしていたが止められたのだった。どの高校が明人にとってベストなのかはわからないんだから、可能性を狭めないほうがいいと教えてくれた。

早智子はしつこいくらいにお願いしてから、うやうやしく頭を下げて本殿をあとにした。

「大丈夫！　きっとうまくいくからね！」

姉が早智子の肩を叩いた。そう願うしかない。

その後、姉のあとに付いて境内の摂社、末社を回った。摂社、末社というのは、境内にある、本殿以外の小さな神社のことだ。

「こういうところも全部手を合わせた方がいいの？」

とたずねると、姉は首を振った。

「絶対にそうしなきゃならないってことはないよ。自分が気になるならって感じ。スルーしても大丈夫」

へえ、そうなのね。

「わたし、文子さんのところに行きたい」

と姉が言うので、友達が近くにでも住んでいるのかと思ったら、本殿の後ろ手にある文子天満宮のことだった。

「なあに？　ここが何かなの？」

と、姉妹ならではの質問の仕方でたずねる。

「個人的にここが好きなの。なんだか落ち着くんだよね。文子さんに勝手に近況を話してから帰るの」

北野天満宮は今日で三回目だという姉が言う。

文子天満宮の前の立て看板に、御由緒が書いてあった。道真公が亡くなり四十年を経たとき、巫女である文子さんに、道真公から、わが魂を祭れというお告げがあり、文子さんはとりあえず自宅に道真公の御霊をお祭りした。これが北野天満宮の発祥とのこと。

「へえー」

こういう話は好きだ。文子さんの思いやりに、心があたたかくなる。早智子も、姉に続いて文子天満宮で手を合わせた。

授与所で、明人のためのお守りと学業鉛筆を購入する。姉も佑人のために同じものを買ってくれた。自分以外の誰かのお願いに訪れた場合は、その人のためだけに授与品を買うのがいいそうだ。早智子は牛の置物が欲しかったが、今回は明人のために来たのであきらめた。

「あっ、梅干しが売ってる。これ、すごくおいしいのよ」

姉のお墨付きをもらったので、これも明人と佑人の分を手に入れた。おにぎりにして食べさせよう。

早智子は思い立って、おみくじを引いた。自分のことではなく明人のことを聞いてみようと思った。道真さま、明人の高校進学について教えてください！　と念じて引いた。

中吉。入っていたチャームは大黒さま。バーンと目に入ってきた項目は、勉学と恋愛だ。
勉学――見直しに力を入れましょう
恋愛――友人知人から吉報があるでしょう

「うーん、微妙……」

もっと具体的に教えてー！　と心のなかで地団駄を踏む。勉強の見直しは、誰にとっても当然やるべきことだろう。恋愛は、吉報があるとのことだが、誰にとっての吉報かによって変わってくる。早智子にとってみたら、樹里亜ちゃんと別れるということになるが、明人にとっての吉報は、永遠の愛の誓いかもしれない。

「さあ、なに食べようか。お昼をだいぶ過ぎちゃったね。あー、お腹空いた！」

姉がお腹をぽんぽん叩きながら言う。早智子はおみくじに悩まされていて、はっきり言ってそれどころではなく、食欲もあまり湧かない。

「……さっぱり系がいいな」

「じゃあ、京漬物だね！」

早智子の気持ちを知ってか知らずか、姉が満面の笑みで親指を立てた。

「京漬物会席！　おいしそうだね。どれにしよう」

ゲンキンなもので、メニューを見ていたらお腹が空いてきた。スタンダードな会席と、プラス魚の粕漬け、プラス豚肉の粕漬けの三種類がある。

「わたし、魚をプラスしようっと」

早智子が決めると、姉は、わたしは豚にすると言った。

「わたし、おビールの小瓶頂いちゃおうっと」

姉がビールの小瓶を頼み、早智子は少し体が冷えていたので、梅酒のお湯割りをもらうことにした。

「明人と佑人の合格祈念にカンパーイ！」

姉の明るい音頭とはうらはらに、早智子はあくまでも深刻な心持ちでグラスを合わせた。なんとしても明人には、自分に合った高校に進んでほしい。川丘だけは勘弁してほしい。明人、目を覚ましてくれ。梅酒のお湯割りが胃に沁み入る。

「お待たせ致しました」

「わあ、すてき！」

アラフィフ姉妹の声がそろう。

なんとも京都らしい、見た目もかわいらしく上品なお膳だ。切り干し大根、ひじき煮、ちりめん山椒の小鉢が三つ。早智子には鮭、姉の奈緒子には豚肉の粕漬け。お揚げがたっぷり入った白みそのおみそ汁と、ほくほくと湯気の立つご飯。そしてメインの京漬物十種。やさしい色合いがうつくしく、水彩画のようである。

さっそく大根の漬物を頂く。ぱりぽりぽりぽり。程よい塩気と小気味よい歯ごたえ。ああ、なんて落ち着くんだろう。そういえば最近、お漬物を食べていなかった。子どもたちが食べないものは、どんどん食卓から姿を消していく。

「ご飯、最高。ご飯でご飯が食べられる」

炊き立てのご飯の甘みとうまみを存分に堪能する。我が家はとにかく量なので、ついつい安いお米を買いがちである。おいしいご飯を食べさせてやりたいなあと思いつつ、むさぼるようにご飯をかき込む息子たちを見ていると、やはりお手頃なお米になってしまう。

「ごぼうのお漬物、すっごくおいしいよ！」

姉が興奮気味に言うので、早智子もつまむ。

「むむっ、これはうまい……！」

ごぼうの香りと噛んだときの繊維を割く感じ。絶妙な塩加減。青菜に茄子、白菜。どれもこれも、あとを引く上品な塩加減だ。

「鮭の粕漬けも、大変おいしゅうございます」

早智子がしっとりとうなずくと、

「豚の粕漬けも、大変おいしゅうございます」

と姉も続け、互いにひと口ずつ交換して食べた。

「けっこうなお味でございました」

二人で大げさにうなずきながら言い合う。

「さっちゃん、覚えてる？　お金持ちごっこ」

姉の言葉に、早智子は「覚えてる！」と笑った。子どもの頃に姉と二人で、「お金持ちごっこ」をしてよく遊んだ。頂き物のお菓子をもらうと、それがケーキであれ、焼き菓子であれ、最中であれ、まんじゅうであれ、スプーンとフォークで食べるのだ。当時は家にナイフのようなしゃれたものはなかったので、スプーンはナイフ代わりだ。

「いただきますわよ」

「どうぞ召し上がれ」

「大変おいしゅうございますわ」

「けっこうなお点前でございますわね」

そんなことを言い合いながら、折りたたんだティッシュをナプキン代わりにして、お上品に口元を拭いたり、口紅もつけていないのに「んぱっ」とティッシュを唇に差し込んだりして、その気になっていた。

「アホみたいな遊びだったね。最中の皮を飛び散らせて、お母さんに怒られたりしてね」

「案外たのしかったよ。なんだか時間がゆったりと流れる気がしてさ」

早智子は昔を思い出しながら、京漬物を食べている今も、時間がいつもよりゆっくり流れている気がすると思った。

早智子も奈緒子も、ご飯粒ひと粒、青菜一片も残さずにきれいに平らげ、店内で販売している京漬物をいくつか購入し、ゆったりとした気持ちで店を出た。

師走（しわす）の風はつめたかった。道真さま、明人のこと、どうかどうかお願いしますと念じながら、早智子は京都をあとにした。

# 豊川稲荷とおいなりさん

「おれ、やっぱ澤西にしたから。川丘はやめた。あと、すべり止めで湘蘭の総進コースを受ける」

朝食を食べ終わったタイミングで、明人が言った。新学期がはじまり、すっかり日常が戻ってきた一月も後半である。

「えっ？　あ、ああ、そうなの。わかった」

本命は県立澤西高校。すべり止めの湘蘭は、茉奈が通っている地元の私立高校だ。茉奈は特進コースだが、明人は総合進学コースという、偏差値に幅のあるコースを受けると言う。

年末年始は、息子たちの冬期講習やら、参拝客がごった返す五ノ丸神社での仕事やらで、あっぷあっぷのうちに過ぎた。実家への新年の挨拶には、夫や子どもたち、姉の娘二人も来てめずらしく全員集合したので、父も母も大喜びだった。不穏な空気になることは一切なく、父の浮気に思いをはせることもなかった。

けれど明人の高校のことはずっと頭の片隅にあって、なにをしていても意識を持って行かれる日々が続いていた。

「行ってき」

佑人が言い、明人と一緒に出て行った。なぜ「ます」まで言わないのか。

「行ってら」

早智子も真似して言ってみたが、二人はもうとっくにいなかった。

家族全員が出ていき、早智子は慌ただしく身支度をした。今月はまだまだ忙しく、御朱印書きにほぼ毎日出向いている状態だ。忙しいと、早智子のイライラのボルテージはギュイーンと上がる。寒いっ、眠いっ、ご飯作りたくない、掃除したくない、クソッ、とすべてのベクトルがイライラに向かってしまう。

が、なにはともあれ、

「よかったあああ！」

誰もいないリビングで、早智子は吠えた。

「ぐわあああああ！　マジよかったよう！　やっと明人が目を覚ましてくれたよう！」

川丘を選ばないでよかった！　澤西にしてくれてよかった！

北野天満宮の神さまには、明人が日々たのしく前向きに過ごせる高校を受験して、そこに進学できますように、とお願いした。明人が選んだのは、澤西と湘蘭だ。川丘ではなかったのだ。道真公さま、ありがとうございます！

早智子は、まるで命拾いしたような気分だった。

五ノ丸神社からの帰り、スーパーでママ友の里美ちゃんに会った。地元とはいえ、こうして偶然出会えるとうれしくなる。

「さっちゃん！」

「里美ちゃん！」

アラフィフとは思えないテンションで、魚売り場で意味なく腕を叩き合う。寒いねえ、朝起きるの辛いねえ、夕飯作るの面倒くさいねえ、などと言い合ったあと、

「明人、樹里亜ちゃんと別れたんだってね」

と里美ちゃんが言った。それは知らなかった。

「澤西高校にするって、今朝明人から聞いたばっかり。川丘をやめたのは、樹里亜ちゃんと別れたのが理由かもね」

「その可能性大だね」

里美ちゃんがゆっくりとうなずく。

「娘情報だと、どうやら樹里亜ちゃんに好きな人ができたらしいよ」

「そうなんだ」

明人はフラれたってわけか。かわいそうな気もするが、早智子としてはホッとした

気持ちのほうが大きい。傷心だろうけれど、まずは高校受験をがんばってほしい。

北野天満宮で引いたおみくじが、見事当たっていたことを伝えると、

「ほっほう。道真公はすごいですねえ」

と、立花さんが口をすぼめた。

あのとき引いたおみくじの恋愛欄には、友人知人から吉報があるでしょう、と書かれてあった。当初は、なんのこっちゃと思っていたけれど、スーパーで会った里美ちゃんから、樹里亜ちゃんと別れたという吉報が入った。まさにその通りになった。

「やっぱり女親は、息子の彼女に厳しいねえ」

立花さんが言う。

「ちょっと、それは聞き捨てならない。女性差別の発言だよ」

早智子がにらむと、やりにくい世の中になったもんだねえ、と立花さんは牧歌的につぶやいた。

明人と樹里亜ちゃんのことは、すでに立花さんに伝えてあった。早智子にとって立花さんは、里美ちゃんの次ぐらいに日常の雑多なことを気兼ねなく話せる人になっている。立花さんはオバサンおじさん的なところがあるので、話しやすいのかもしれない。

「息子に彼女ができるのはうれしいですよ。でも、樹里亜ちゃんはちょっとアレじゃない」

「なによ、アレって」

ニヤニヤしながら、立花さんが早智子の顔を見る。黙っていると、

「要はさ、息子くんが樹里亜ちゃんとセックスされたら嫌だってことでしょ」

ムッ。思わず鼻の穴が広がる。

「……そういうことじゃないわよ」

「じゃあ、どういうこと？」

どういうことなのだろうか……。早智子は考えた。彼女ができるのはいい。明人のことを好きでいてくれる子は、友達でも彼女でも誰でもありがたい。恋愛なんだから、手をつなぐのもいい。まあ、キスもいいだろう。ではその先はどうだろう。中学三年生、十五歳。いやいや、まだ早いだろう。じゃあ、高校生だったらいいだろうか。十七歳？　十八歳？　十九歳？　うん、十九歳だったらいいような気がする。ということは、高校を卒業したらいいのだろうか。

って、自分のことを棚に上げて何を言っているのか。初体験は高校三年生だったか。相手は卒業した先輩で、とても温厚で誠実で頼りがいのある人だった。

えっ？　ってことは、相手の人柄の問題なのか？　樹里亜ちゃんのことなんて、噂

レベルでしか知らないではないか。

いやいや、でも中学生では早すぎる。と、そこまで考え、ふいに茉奈と刈谷くんのことが頭をよぎった。夫は異常なほどに、茉奈のことを心配していた。そのわりに明人と樹里亜ちゃんのことについては、能天気な反応だった。

もしかしてこれは、立花さんの言う通り、男親と女親の違いなのか？　いやいやいやいや、性差ではなく、茉奈のことは信用しているのだ。きちんと自分で考えて行動できると、確信している。茉奈が決めたことなら、刈谷くんとイチャイチャしてもらってぜんぜんかまわない。

一方、明人は信用ならない。避妊だって、佑人よりは多少実直だと思うが、しょせんは中三男子だ。もちろん信用できる中三男子もいるだろうが、万事しっかりやるに決まってる。そんな中三男子を早智子は知らない。

甘ったれで、その場しのぎで、都合が悪くなるとすぐにごまかし、飽きっぽくてなんでもすぐに投げ出す、そんな息子の一体どこを信用できるのか。

でも、待てよ。明人は樹里亜ちゃんと同じ川丘高校に行きたがっていた。川丘がどんな高校なのか、明人だって充分に知っているはずなのに、自分の人生を棒に振ってまでも川丘に行きたがっていた。それほど樹里亜ちゃんと一緒にいたかったということだろう。ということは、離れがたいなにかがあった？　もしかして、すでに樹里亜ちゃんとそういう関係になっていたのか……？

「ぐわあああああ」

思わず頭を抱える。

「だ、大丈夫？」

「もうほっといてください。しょせん、立花さんとは分かり合えないんだから。やっぱりこの悩みは、日頃から両者を知ってる里美ちゃんにしかわからない」

「誰？　里美ちゃんて」

「ところで、立花さんの娘さんっておいくつでしたっけ」

立花さんの質問を無視して、質問で返す。

「ん？　うちは小二」

「ふうーん」

まだまだわからないのだ。年上の子どもを持つ親から言わせてもらうと、親は子どもの年齢に沿った悩みにしか思いが至らない。

「奥さん、おいくつでしたっけ」

「三十五かな」

立花さんより十五も若い。なんかいやだ。理性抜きの感情論ということは承知で、なんかいやや。

「立花さん、邪魔です。あっち行ってください」

「なんだよう」

御朱印のお客さんが来たので、立花さんを追い払った。

「御朱印を書くページをお開きください」

何事もなかったように、仕事に戻る。心なしかいつもより書に勢いが出て、良い朱印が書けた。

お昼休憩の時間になって早智子が席を立つと、どこからともなく立花さんが現れた。

「ストーカーですか？」

「なにを言うのさ。これ、一緒に食べない？」

と立花さんが掲げたのは、五ノ丸神社近くに新しくできたドーナツ屋さんのドーナツだった。雑誌で紹介されたこともあってか行列になっていることも多く、早智子はまだ食べたことがなかった。

「もちろん頂きます」

休憩室で、なぜか甲斐甲斐しくコーヒーをいれてくれる立花さんだ。

「立花さんにご馳走してもらうの、はじめてですね」

「そう？　そんなことないでしょ」

そんなことある。

「さあ、食べよう」

プレーン、抹茶、いちご、チョコクランチ、オレンジピール。みんなおいしそうだ。どれにしようか選んでいると、「切るよー」と言って、立花さんが包丁（なぜか休憩室に常備してある）で半分に切っていった。

「このほうが、全部の味食べられていいでしょ」

「ほう」

なんというか女友達っぽい。こういうところは、里美ちゃん寄りだ。早智子は一つのドーナツを丸かじりしたい派だが、いろんな味を試せるのでこれはこれでアリ。

「やっぱりチョコクランチが最強かも」

「ぼくはオレンジピールかな」

「いかにも立花さんって感じ」

「ところで、前田さんさ、近頃よく神社に行くじゃない。なにか心境の変化？」

指先をちゅちゅっとなめて、立花さんがたずねる。

「いや、姉が誘ってくれるから、ついて行ってるだけなんですけどね」

でも行けば行ったで、大きな実りや発見があっておもしろい。今ではむしろ率先して行きたい感じだが、それを立花さんに伝えるのはなんだか癪（しゃく）だから教えない。

「神社は『気』がいいから、行けば行くだけプラスになるよ」

へえ、立花さんでもそんなこと言うんだ、とひそかに思う。

「なんで『気』がいいんですか？　木がいっぱいあるから？」

「それももちろんあるけど、やっぱり神さまがおられますからねー。大きい神社は眷属もたくさんいるし」

本気なんだか、冗談なんだかわからない。

「眷属ってなんですか？」

「神さまにお仕えしている者たちのことですよ」

「具体的には？」

「神社によって違うでしょ。お稲荷さんは狐さんだし。オオカミとかヘビとか龍とか天狗とか。それに、人間の頭では理解できない姿形をした眷属だっているでしょう」

「はあ」

「どっちにしたって、ぼくは見たことないから知らないよ。わからないことを聞かれても困るよ」

今度は急にそっけない。二面性を持つ男、立花誠。早智子はもうすっかりこの調子に慣れているので、なんとも思わない。

「神社には、目に見えない世界が広がってるってわけか……」

早智子がつぶやくと、立花さんは、さもばかにしたように早智子を見てフッと笑った。

「信じるか信じないかはあなた次第です」

「そんなことより、新しい暖房器具入れてもらえますか？」

早智子が言っているのは、御朱印を書く場所のことだ。授与品売り場のほうは温かいが、少し外れにある御朱印書きの場所は、ひどく冷える。

「電気ストーブがあるじゃないの」

「あんな小さいの一個だけじゃ、まったく温まらないです。芯(しん)から冷えて、歯が合わないほどです。ガチガチガチガチ」

早智子はわざと歯を鳴らしてみせた。

「大げさだなあ」

「夏は暑くて、冬は寒い。ひどい環境です」

「夏が暑くて冬が寒いのは当たり前じゃないの」

「猿渡(さわたり)さんに言ってくださいよ」

猿渡さんというのは、五ノ丸神社の宮司だ。宮司というのは、神社でいちばん偉い人。

「猿渡さん、ドケチだから」

「御朱印を五百円にしたらどうですか？」

「いくらにしたって、そういうところには使わないよ。だって、身内だけに厳しいドケチだもん。ハッハ」

福利厚生力ゼロの五ノ丸神社なのだった。


佑人の天王安高校の受験日がやってきた。通知表の評価はクリアしているので、専願の場合、合格はほぼ確定しているといっていいが、精一杯がんばってほしい。

朝食に、北野天満宮で買った梅干しで握ったおにぎりを食べさせた。

「行ってらっしゃい、佑人。全力を尽くしてきて」

「おん」

ニヤニヤした顔で呑気に出かけていき、お昼過ぎにはあっという間に帰ってきた。

「どうだった？」

「べつにふつう。まあ、大丈夫でしょ」

なんの危機感もない。

「わからないわよ。あんまりテストが悪いと不合格になるかもしれない」

「そんなおどしは利かないよ。だるっ」

余裕しゃくしゃくだ。明日には結果が出る。ネットで操作したらチョチョイのチョイで合否がわかる。すごい時代になったものだと思う。

そして明日は、明人の併願校、私立湘蘭高校の受験日でもある。安全圏ではあるけれど、落ちる可能性もなきにしもあらずだ。

明人は、第一志望校を変えてから、毎日必死になって勉強している。これまでほとんど勉強してこなかったから、当然といえば当然だが、とにかくがんばってほしい。

翌朝。北野天満宮の梅干し入りおにぎりを食べながら、明人が単語ノートに目を通している。目が充血している。ほとんど寝ていないのかもしれない。

夫は、今日はいつもより早く出ていったので、明人には会っていない。息子たちの受験日もまったく通常運転の夫がうらやましくもあり、憎たらしくもある。どちらかというと、憎たらしいほうが大きい。

「忘れ物ない？」

「うん」

スニーカーをはきながら、明人が素直にうなずく。

「行ってらっしゃい。落ち着いて挑んでね」

「うん」

「きっとうまくいくよ」

茉奈の声かけに笑顔を見せる。茉奈の高校なので、今日、茉奈は休みだ。

一方の佑人は、昨日受けた天王安高校の合否を自分で確認したいということで、学校をサボった。早智子はその提案をしぶしぶ許してやったというのに、合否発表の十時になってもまだ寝ている。何度声をかけても起きないので、早智子は茉奈と二人で受験結果を見ることにした。

「合格っ！」

茉奈と声がそろう。わかっていたことだけど、やっぱりうれしい。佑人の部屋に二人で押しかけ、布団をはがして合格を告げた。

「あったりまえだろ。それよか寒い。布団返して」

そう言って、佑人はかけ布団を頭からかぶってまた寝た。これじゃ、本当にただのズル休みだ。合格早々怒るのも嫌なので、早智子はぐっと言葉を呑み込んで、加味逍遙散を飲んだ。

そのあとすぐに、姪のさくらから連絡がきた。近くまで来ているのでこれから寄るという。明人も試験は午前中で終わって帰ってくるので、みんなで会えるいいタイミングだ。

「さくら姉！」

「やっほー、茉奈」

玄関先で、さくらと茉奈が旧知の友のようにガシッと抱き合っている。さくらも、さくらの妹の美玖も、茉奈をとてもかわいがってくれる。もちろん明人と佑人のことも。いとこ同士、仲がいいのは良いことだ。

「さくら、ひさしぶりね。元気？」

「元気元気」

早智子にとっても、さくらと美玖はかわいい姪である。

「さっちゃん、来週、茉奈を札幌に連れてっていい？」

姉のところの姪たちは、早智子のことを「さっちゃん」と呼ぶ。

「札幌？」

「そうそう、『おかいつ』が札幌であるのよ」

「そういうことか」

おかいつ、というのは、Eテレの『おかあさんといっしょ』のことだ。さくらは、『おかいつ』推しである。

保育園、幼稚園時代は、日本中の多くの幼児が『おかあさんといっしょ』を見ていたに違いないが、さくらはその後も番組をかかさず見ていたようで、大学生になった頃にはすでに熱心なファンになっていた。

前田家も、子どもたちが幼い頃はEテレに大変お世話になった。『おかあさんといっしょ』に、子守りをしてもらったようなものだ。しかし時が経ち、就学するようになると、茉奈はプリキュアやアイカツに、明人と佑人は戦隊モノときかんしゃトーマスに夢中になって、自然と『おかいつ』を卒業していった。

年齢を重ねても、あの世界観が好きだというさくらは、とてもやさしい気持ちの持ち主なのだろうと思う。早智子は、子どもたちが見るからテレビをつけていたというだけで、特に思い入れはなかった。だから、当時のおにいさん、おねえさんたちは覚えているけれど、それ以前も以降もまったく知らない。

「ねえ、お母さん。行ってもいいでしょ？　なんか昔を思い出して懐かしくって、わたしもファミリーコンサートに行きたくなったんだよね」

茉奈が顔をほころばせて言う。すでに二人で連絡を取り合っていたようだ。

茉奈が小学生の頃、大学生だったさくらは、何度か『おかいつ』のファミリーコンサートに連れて行ってくれた。茉奈は行ったが、明人と佑人はすでにすっかり興味をなくしていて行くことはなかった。

「昔ってなによう。茉奈の昔なんて、わたしの最近じゃない」

さくらが笑う。

早智子は、今も茉奈が『おかいつ』を好意的に思っていると知ることができて、ほっとしていた。早智子が『おかいつ』を子どもたちに見せていた頃、早智子は自分が鬼だったと自覚している。

今も鬼といっちゃ鬼だが、更年期の鬼ではなく、子を生存させるための鬼だった。「子育て」なんて、たいそうなことはまるで出来ておらず、ただ子らを生かすための、鬼になっていた。読み聞かせも図工的なこともおやつ作りもほぼスルーで、オムツ外しも歯磨きも保育園で教えてもらった。

当時、早智子は会社員として働いていた。三人の子どもの産休、育休を経て復帰したのだから、なんとしても仕事は続けたいと思っていた。

夫はまったく当てにならず、食事や風呂（ふろ）などの最低限のことしか手が回らなかった。それさえも、鬼の形相で子どもたちを急（せ）かして、早く早く、と声を荒らげていた。

今、思い出すのも苦しいほどで、子らへの申し訳なさと情けなさに泣きたくなる。特に茉奈には苦労をかけた。怒濤（どとう）の日々のなか、小さな体で双子の弟の面倒を見てくれた。しかし結局は身体が悲鳴を上げ、茉奈の就学前に早智子は会社を辞めたのだった。

そんな茉奈が、『おかあさんといっしょ』を、いい思い出ととらえていてくれることが、うれしかった。

あの頃、夫はもっと子育てと家事をやるべきだったのだと思い返し、にわかに怒りが湧く。自分ももっと強気に出るべきだった。アラフィフの図太さを三十代の自分に伝授してやりたい。

「あっ、さくら姉！　来てたの⁉」

二階から降りてきた佑人が、大きな声を出す。

「佑人、今頃起きてきたの？　もうお昼だよ」

さくらに言われて、照れくさそうに頬をぽりぽりとかいている。

「高校合格したんだってね、おめでとう！」

「まーねー。余裕っすよ」

「よく言うわ」

さくらが呆れたように頭を振ると、佑人は得意げに鼻の穴をふくらませた。

「ほめてないっての」

さくらがさらに返すと、今度はうれしそうに爆笑する。

そうこうしているうちに、明人も帰ってきた。

「おかえり、明人」

「さくら姉っ！　来てたの！」

明人のひさしぶりの笑顔だ。

「試験どうだった？」

さくらが続けてたずねると、まあまあよかった、とうれしそうに答えた。さくらが一人いるだけで、子どもたちがみんな明るく素直になる。美玖がいてもそうだ。

「お昼、翁庵の出前を取ろうと思うから、そこのメニューから選んで」

　早智子がメニューを差し出すと、「翁庵!?」「出前!?」「ウーバーイーツじゃないの」などと、失笑気味の声が届いた。

「電話するから早く決めて」

　出前と言ったら翁庵だ。文句は言わせない。だって、出前ってやけにワクワクする。特別なときしか取っちゃいけない気がする。我ながら昭和の人間だと早智子は思う。

　明人と佑人はスタミナ肉丼、茉奈とさくらは天ぷらそば。早智子は、なべ焼きうどんにした。

「佑人、天王安高校、合格おめでとう！」

　お茶で乾杯して、翁庵の出前で佑人の高校入学をお祝いした。しょうゆとだしの匂いが広がって、お正月がまたやってきたみたいな気分になる。

「えっ！　姉ちゃん、さくら姉と北海道に行くの？　ずるい！　おれも行きたい！」

　札幌行きの話になった瞬間、佑人が前のめりになる。

「おれも行きたい！」

　明人までもが身を乗り出す。

「だって『おかいつ』のコンサートだよ」

　さくらの言葉に、そうなの？　と唇をとがらせる。

「明人の高校が決まったら、お祝いにどこか連れてってあげるよ」

さくらが言うと、今度は茉奈がわたしも行きたいと言う。

「みんなで行こうよ。美玖も一緒にさ」

「やったー！」

こんなときばかり、姉兄弟仲良く三人でハイタッチをしている。

「わたし、沖縄がいい！」

「おれ、ユニバがいいな」

「おれは海外旅行してみたい！」

思わずさくらと顔を見合わせて、苦笑する。

「ハイハイ。美玖と相談するから」

さくらがそう言っても、ああでもないこうでもないと、三人で行きたい場所を好き勝手に言い合っている。

家族旅行は久しくしていない。息子たちが小学生の頃までは、夏休みに家族そろって必ずどこかへ泊まりに行っていたが、中学生になってからは二人とも部活動が忙しくなり、家族よりも友達と過ごすほうがたのしくなって、家族旅行は自然と消滅していった。

「わたしも行こうかしら」

なんだかまたみんなで旅行したくなり、早智子はちょっと口に出してみた。

「えーっ！　お母さんも行くのお⁉」

双子が声をそろえる。

「フンッ、そんなに嫌がることないじゃないの」

「おれたちだけで行きたいよ」

「わかったわよ」

親の出番はないらしい。少しさみしい気がするが、それはそれで喜ばしいことだ。

「みんなでたのしく行ってらっしゃい。でもその前に、明人は受験があるんだから、しっかりね」

「おけ」

軽い返事が返ってくる。

明日は明人の湘蘭高校の合格発表がある。そして一週間後は、明人の本命である県立澤西高校の受験日だ。

北野天満宮のおみくじ。勉学は、「見直しに力を入れましょう」だったので、明人にはさりげなく「見直しと復習が大事だからね」と伝えておいた。あとは、菅原道真公に頼るしかない。

明人の受験結果。

滑り止め私立の湘蘭高校は合格、本命の県立澤西高校は、まさかの不合格だった。

明人は意外にも落ち着いていた。倍率が1・3倍だったこともあり、まっ、しょうがねえわ、と頭をかき、

「やっぱ、勉強しないと受からないってことがわかった」

と、当たり前のことを言った。親としては、それだけでも学びがあったと思うしかないが、残念すぎた。樹里亜ちゃんと同じ川丘高校を受けると言ったときから、歯車は少しずつ狂っていたのかもしれない。

茉奈は昨日札幌から帰ってきて、たのしい話をたくさん聞かせてくれた。『おかいつ』のファミリーコンサートで、さくらの推しのよしおにいさんが登場したとたん、さくらは黄色い歓声をあげ、周りにいる子どもたちよりも興奮していたらしい。うしろの人の邪魔にならない程度に思い切り踊って、歌では泣きっぱなしで、涙を拭いながら一緒に歌っていたそうだ。

「さくら姉を見てるだけで、かなりおもしろかった」

と、茉奈は思い出しては笑っていた。

「飛行機に乗ったの二回目だから、それもめっちゃたのしかった。わたし、飛行機大好き。いつか陽斗と北海道旅行に行きたいなあ」

などと、夫が聞いたら卒倒しそうなことを言い、

「なんかさ、人間ってどこにでも住めるんだなって思った。北海道でも沖縄でも外国でも」

と、どうかすると人生の深淵めいたことまで言うのだった。

「茉奈もさくらも楽しそうでよかったわ。おいしいもの、たくさん食べてきた？」

「食べてきた！」

うに、いくら、いか、ほたて、ラーメン……。聞いているだけでお腹が空く。

「あー、春休みの旅行、たのしみだなあ。連続で旅行に行けて幸せ」

茉奈が目を細めて、つぶやく。さくらと美玖との旅行は、結局一泊でユニバーサル・スタジオになった。

「ねえ、お母さん。明人、残念だったけど、湘蘭はいい高校だよ。明人の総合進学コースは指定校推薦も多いし」

うんうん、とうなずいた早智子だったが、心のなかでは大きなため息をついていた。これで、私立高校生が我が家に三人だ。今は補助金制度があるけれど、それにしたって公立よりは高い。旅行だって、姪たちに支払わせるわけにはいかないだろう。

「……先立つものがねえ」

「ん？　なんか言った？」

「あはは、なんでもない、なんでもない」

「お土産買ってくるからねー」

　はいはい、と胸のうちを悟られないように、満面の笑みで返した。


　姉の奈緒子から、息子たちの高校合格祝いの電話が来た。

「高校生になれば、だいぶ楽になるよ」

「だといいけどね」

「あれ、なんか元気なくない？」

　先立つもののことを考えていると、声にも張りがなくなるのだろうか。考えてもしょうがないことに意識を向けるのは悪い癖だ。

「仕事増やそうかな。私立高校が三人になるから大変」

　来年は茉奈が大学生になる予定だし、家のローンもあと七年ある。やれやれ、と自分の頭に吹き出しをつけたくなる。食べることに困るようなことはないが、定期やら保険やらを崩すのはなるべく避けたい。

「お金かあ」

　と、姉は大いに同情してくれたあと、実はわたしも、と話しはじめた。

「株で大失敗しちゃったの。タイミングを読み間違えちゃったのよ。我ながら、いやになる。しばらくは悔しくて夜も眠れなかった……」

「そうなんだ」

株や投資のことはまったくわからないけれど、この姉の落ち込みようから予想するに、相当な痛手を負ったようだ。

「早いところ、取り戻したいわ」

どのくらいの損失だったのか知りたくなったが、いくら姉妹とはいえ、具体的な金額は聞きづらい。

「そうだ！　さっちゃん、お稲荷さんに行こうよ！　お金のサポートしてもらおう！」

「…………」

早智子は思わず沈黙した。お稲荷さんのイメージがよくなかったからだ。お狐さんの祟り、という言葉がまっさきに頭に浮かぶ。

折しも昨日、立花さんにもお稲荷さんのことを言われたばかりだ。子どもが三人とも、私立高校に通うことになって金欠だと愚痴ったところ、お稲荷さんに行けば？と軽く言われたのだった。早智子は適当に笑ってごまかしたが、まさか連日「お稲荷さん」という言葉を耳にすることになるとは……。

「ねえ、お姉ちゃん。お稲荷さんってなに？」

「お稲荷さんは、五穀豊穣、金運上昇、商売繁盛とかさ、大きな実りをくれるのよ。わたしたちにとって、いちばん身近な存在よ」

「ちょっと怖いイメージなんだけど……」

「ええっ!? ぜんぜん怖くないよ！ どうしてそんなふうに思うの？」

「……祟りとか」

「祟りい!? なにそれ」

姉が心底驚いた声を出す。

確かによく知りもしないのに、怖いと思うなんて失礼な話だ。噂レベルの怪談話が、一人歩きしているだけなのに。

「……じゃあ、行ってみようかな」

「行こう行こう」

「わたしが聞いたことのあるのは、伏見稲荷大社ぐらいだけど」

明人と佑人が、修学旅行で訪れた神社だ。一番上までのぼって疲れたと言っていたが、早智子は行ったことがないのでさっぱり様子がわからなかった。たくさんの鳥居が並んでいる圧巻の光景は、テレビや雑誌で何度も見たことがある。

「伏見稲荷大社もいいけど、今回は神社じゃなくてお寺に行こうよ！」

「お寺？」

「愛知の豊川稲荷よ！」

愛知……豊川……？　早智子は豊川という地名すら初耳だったが、姉に任せようと思い、とりあえず了解した。

新幹線で豊橋まで行き、ＪＲ線で豊川まで。駅から歩いて五分ほどで、妙厳寺豊川稲荷に着いた。

「ここ、お寺？　お寺って、千賀の家のお墓があるところだよねえ？」

「菩提寺だけがお寺じゃないわよう」

姉が早智子の肩を叩いて笑う。菩提寺というのは、先祖代々の墓がある寺のことだ。その寺の檀家ということになる。早智子は、寺というと、そこしか思い浮かばない。

「だって金閣寺も清水寺も法隆寺も、みんなお寺じゃない」

「あ、そっか」

アラフィフとは思えないアホである。「寺」は檀家のもので、金閣寺や清水寺は観光客が行く「仏閣」だと勝手な線引きをしていた。我ながらおそろしい。

総門をくぐり、手水舎で手を口を清め、まっすぐな参道を進んでいく。雲ひとつない青空だ。三月に入ったが、風はまだつめたい。

「広々していて気持ちいいねー」

姉が大きく息を吸い込む。

「先にご祈禱の予約をしちゃおう」

「ご祈禱するの？　わたしも？」

「あれ、言わなかったっけ？」

と姉が説明してくれた。

ここ、豊川稲荷のご祈禱は三千円から受け付けているが、四千円以上のご祈禱料にすると、お膳がつく。このお膳が精進料理でとてもおいしく、食べると身体の隅々までスッキリするそうなのだ。

「運を妨げているものを落としてくれるらしいのよ。食べない選択肢なんてないでしょ」

姉が目を見開いて、早智子を見る。すごい目力だ。

「も、もちろん」

早智子も目を大きくして、うなずいた。折しも、昼時だ。早智子の腹がきゅるると鳴る。

姉は祈願の欄に「商売繁盛」と書いた。早智子はどうしようか、と悩んだ結果、「開運満足」にした。

「ダキニ天さんは太っ腹だから、お金のこと、遠慮しないで頼むといいよ」

「ダキニ天さんって？」

「稲穂を担いでいる仏さまで、たくさんのお稲荷さんを従えているんだよ」

「へえ」

「こちらの豊川稲荷には、豊川吒枳尼眞天さまがいらっしゃいます」

スマホで豊川稲荷のホームページを確認しながら、姉が真面目くさった調子で言う。

「実はさ、前にここで金運をお願いした翌日にロトが当たったのよ」

と、小さい声で言う。

「マジで⁉　それっていくら？」

「三十万」

「えぇーっ⁉　すごいじゃない！　そんなことあるの⁉」

まーねー、と姉が鼻の穴をひくつかせる。いやが上にも期待が高まる。

とにかく入学金やら授業料やら制服代やらを、気持ちよく支払いたい。子どもたちの旅行代金もある。早智子は入魂しながら、「開運満足」と堂々たる筆圧で書いた。

受付所を出たその足で、姉は御朱印をもらった。姉の通常版の御朱印帳は、神社もお寺も同じものを使っているそうだ。

神社とお寺で、御朱印帳を分けている丁寧な人もいるが、神仏習合の時代もあったことだし、一緒にしてももちろんぜんぜんＯＫだ。頂けないのは、城のスタンプ。神社仏閣と城では、根本の意義がまったく違う。これには、立花さんも顔をしかめている。城は、専用の御城印帳でお願いしたい。

「まだご祈禱まで時間があるから、本殿にお参りしよう」

本殿前の両脇には、凜々(りり)しくて立派な狛狐さんが控えている。青空に映えて、めちゃくちゃかっこいい。早智子はスマホを取り出して何度かシャッターを押したが、なかなか思い通りに撮れない。

「狛狐さーん、写真撮るんでキメてくださーい」

と、早智子は小さくつぶやいた。改めてシャッターをカシャッと押した。

「おおっ！」

とってもいい写真が撮れた。もう一枚撮らせてくださーい、とつぶやいて写真を撮る。またもや、宣材写真に使えそうなほどのナイスショットだった。ああ、先に声をかけるといいんだなと、なんとなく理解する。人間だって、断りもなしに突然写真を撮られたら、おもしろくないのは当然だ。

本殿で手を合わせ、思わず柏手(かしわで)を打ちそうになった。神社じゃないから柏手はいらないのだ。ダキニ天さんのご真言が書いてある。真言というのは、仏さまの真実の言葉、秘密の言葉、だそうだ。秘密の言葉が堂々と書いてあるのはいいの？　と姉にたずねると、

「そういうところが太っ腹なのよ！　ありがたいわー」

　と返ってきた。

「この真言を七回唱えて、ご挨拶するといいよ」

　姉の言う通りに、ご真言を唱えてから自己紹介をし、のちほどご祈禱するのでよろしくお願いします、と頭を下げた。

　横を見ると、姉はまだ手を合わせている。

　ようやく終わって声をかけた。

「お姉ちゃん、長い間手を合わせてたね」

「お寺のときは、般若心経を唱えるから長くなるんだよねー」

「般若心経？　ご真言とは別に？」

「そうそう」

「お姉ちゃん、般若心経を全部覚えてるの？」

「般若心経はさ、宗派関係なく使えるお経なのよ。すばらしいことが書いてあるから、唱えると気持ちが落ち着くのよね」

　神社の神さまには祝詞を、寺院の仏さまには般若心経を唱える我が姉貴。すごすぎる。

「そろそろ待合室に行こう」

姉に促され移動する。ご祈禱は十二時半からだ。

「ご祈禱している間、これこれこういう理由でお金が必要だから、いくら欲しいです、って具体的に言うのがいいよ」

「具体的な金額を？」

「なんせ豊川吒枳尼眞天さまは、太っ腹ですから」

豊川稲荷の営業部長のような口ぶりである。

時間になり名前を呼ばれ、先ほど手を合わせた本殿の内に案内してもらう。清められた板張りの床に正座して本殿を見回すと、ああ、ここは神社ではなくてお寺なんだなあと、しみじみと感じた。

「気」の気配が違うのだ。神社もお寺も人間に寄り添ってくれるところは同じだけれど、なんというのか、神社は高みにある別世界という感じ。お寺は、死を扱っていることもあるせいか、人間界ととても近いところに広がっている空間のような気がする。って、ただの個人的見解だけど。

お坊さんのお経がはじまった。姉は立派な数珠(じゅず)を手に、神妙な顔でなにやらぶつぶつと口を動かしている。株が下がったことや損失金額などの近況をしゃべっているのかもしれない。

早智子も近況を話した。どれほどお金がかかるのか、どのくらいの金欠具合なのか。

よって、どのくらいのお金が欲しいのか。遠慮せずにガンガンお願いした。

豊川吒枳尼眞天さんは稲穂を担いで、白い狐にまたがっているそうだ。もちろん早智子の目には見えないが、脳内でその姿を想像する。

豊川吒枳尼眞天さん、どうかお金が入ってきますように！　と念じる。姉が、具体的な金額を伝えると良いと言っていたので、図々しくも多めの金額を言っておく。なにとぞ、なにとぞと、こんなときばかり熱心に、調子よくお願いする早智子なのだった。

ご祈禱終了。姉はすでに願いが叶ったかのようなご満悦顔だ。

「はーっ、やっぱりご祈禱はいいわあ。さあ、次はお食事」

大きな広間に案内されると、すでにお膳が用意されていた。平日のせいか、早智子たち二人以外は、ご夫婦らしい男女二人と、女性一人の計三人だった。

「立派なお膳！　おいしそう！」

精進料理を前に思わず声が出る。ご飯とみそ汁、漬物の他に小鉢が五つもついている。

「すっごいお得感」

「でしょでしょ。ご祈禱してもらえてお膳まで頂けるのよ。こんなありがたいことないわあ」

　と言ったそばから、みそ汁に口をつける。早智子もありがたく頂く。

「おいしいっ。わたし、こういうのを求めてたの」

　つい口に出る。日頃は子どもたちの好きな、から揚げやカレーやハンバーグや焼肉ばかりで、たまには胃が落ち着くものを食べたかったが、そういうものを食卓に出すと、「これじゃあ、ご飯が食べられない」だの「おかずがない」だの「肉を出せ」だの、文句のオンパレードで、結局面倒になって、毎度子ども好みにしてしまう。夫も舌が子どもなので、早智子だけが胃もたれしている日々なのだ。

　ひじき煮、ごま豆腐、もずくの酢の物、がんもどきの煮含め、高野豆腐。どれもこれもお世辞抜きでおいしい。

「残さず全部食べるのがいいからね」

　姉が言い、早智子は「もちろん！」と元気よく返した。おみそ汁は二人でおかわりまでした。

「満足、満足。お腹いっぱい」

　身も心も豊かになるお膳だった。二人でお腹をさすりながら大広間を出て、ご祈禱のおふだを頂いた。

　外に出たとたん、ぴゅうと風が吹いた。暖房と食事であたたまった身体が、ぴりっと引き締まって気持ちいい。

　本殿のところで、

「さっちゃん、ほら、これこれ」

　と姉に肩を叩かれ振り向くと、

「開運しめなわ念珠ー」

　と、なぜかドラえもんの口調で、ドラえもんがひみつ道具を取り出すかのように、姉がしめなわ念珠を掲げた。

「なにそれ」

「ここに願い事を書いて、腕につけるのよ」

　案内を読むと、しめなわ念珠を左手にかけて奥の院までお参りしてください、とある。腕輪になった細いしめ縄に和紙がついていて、そこに願い事を書くらしい。

　姉を見ると「金運上昇！」と書いている。早智子は「一攫千金！」と書いて、具体的な金額を多めに堂々と書いた。一生懸命、家事をして子育てをして仕事をしてなお、お金が必要なんだから、誰に遠慮する必要があろうかと、いつのまにか開き直っている。

　姉と二人で「開運しめなわ念珠」を左手にくぐらせて、境内を練り歩く。新法堂、万燈堂、弘法堂、大黒堂、景雲門と、たくさんの見どころがある。気になった仏像に手を合わせ、大黒天さまの石像をなでなでする。

霊狐塚には一千体もの狐像があって、圧倒される光景だった。みんなそれぞれ顔が違っていて、お気に入りの狐さんをさがすのもたのしかった。

奥の院に着いて、先ほどの「しめなわ念珠」を納める。途中、狐の形をした容器に入ったおみくじが売っていて、二種類あったので両方とも買うことにした。飽きない顔がかわいすぎる。

池には、色とりどりのきれいな鯉がたくさん泳いでいた。鯉のエサを売っていたので、早智子は迷わず買った。

「あはは、さっちゃん買うと思った」

早智子は昔から、生き物がエサを食べている姿を見るのが好きだ。子どもたちが小さい頃は、食パンの耳を小さく切ったものを冷凍しておいて、公園に行くときは必ず持って行き、鯉や鳩にエサをあげたものだった。

息子たちが小学生の頃、家でサワガニを飼っていたが、ハサミでエサをつかんで口に入れる姿が大好きで、ずっと見ていても飽きなかった。当時の唯一の癒やしといってもいい。

「ほらほら、食べて。食べなさいー。どんどん食べなさいー」

鯉が寄って来て、口を大きく開ける。ああ、なごみの時間。ストレス解消。ひそかに、もう一つエサを買おうかと迷ったけれど、一度目を上回る楽しさはないことを経験上知っているので、やめておいた。

その後、姉が勧める授与品を買って、総門を出た。

「たのしい参拝だったねえ。満喫したね」

「ほんとほんと。とってもたのしかった！　お寺って、ちょっと暗い印象があったんだけど、ここはとっても明るい感じだね」

早智子が答えると、姉の奈緒子は早智子の顔をじっとみて、

「やっぱり、さっちゃんは感度がいいわ」

と、真剣な表情で言った。早智子は少しだけ得意になって、

「神社とお寺は気配がぜんぜん違うんだね」

と続けてみた。姉の顔がぱあっと輝く。

「だよね、だよね、そうだよね！　わかってくれてうれしい。これからもいろんなところ行こう！」

「うん！」

「目に見えない世界はすばらしいー♪　しょせんこの世はまやかしよー♪　しきそくぜーくう　くうそくぜーしき♪」

姉が妙なふしをつけて、般若心経を織り交ぜた自作の歌を歌う。

姉のスピリチュアル好きには、引くところも多々あるし、宇宙人や都市伝説なんて眉(まゆ)つばものだけど、神社仏閣はいいかも、と早智子は思う。姉に連れて行ってもらう機会が増えて、素直にそう思うようになった。

だってお参りすると、気持ちが晴れ晴れする。己の信心が良いほうに仕分けされて、徳を積んだような気になるのだ。むしろこちらが、願い事を聞いてもらう側だというのに、図々しいものである。

「門前町があるから、少しぶらぶらしよう」

豊川稲荷の前に、豊川稲荷門前と呼ばれる通りがあり、お土産物屋さんや飲食店が軒を連ねている。平日のせいか人通りは多くなく、ゆっくりと見て回ることができた。

「やっぱりおいなりさんが有名なんだね」

「食べてく？」

と、姉が目を輝かせる。

「いやー、まだお腹減ってないわ」

「じゃあ、帰りの新幹線で食べていこうよ」

「そうだね」

帰りのおたのしみということで、購入した。

豊川駅まで戻る途中にレトロな喫茶店があったので、ふらりと入る。

「はあーっ、けっこう歩いたね」

椅子に座ると、足腰に感じていたほどよい疲れがふぁーっとゆるんだ。二人ともコーヒー牛乳を注文した。受け皿にハッピーターンが一つ置いてある。姉と顔を見合わせて、思わず笑顔になる。すてきな喫茶店だ。

早智子は豊川稲荷で買った、きつねみくじを開けてみた。底がシールで閉じてあり、なかにおみくじが入っている。まずはにっこり顔のきつねみくじから。

「おっ、中吉だ。どれどれ、なんて書いてあるかな。まずは、願い事の欄を……」

後に叶（かな）う、信心せよ、とあった。

続けて、妙なおかしみとかわいさのある狐さんのおみくじを取り出す。

「おおっ、こっちは大吉だ、ラッキー。えぇっと、願い事は、時くれば叶う、信心せよ、だって。何事も信心なのね、承知しました」

早智子は、どうかお金が入ってきますようにと、またしても念じた。とはいえ、夫はサラリーマンだから、給与がいきなり増えることは考えられないし、早智子の仕事だって、急に時給が破格に上がることはないだろう。そもそも時給が上がるぐらいでは、まかないきれない。やはり、宝くじでも買うしかないかなあと、ぼんやり思う。

「大丈夫、大丈夫。きっと叶えてくれるから、どーんと構えて待ってよう」

姉はいつでも、どーんとしている。

「実はね、前の夫との離婚のときも、助けてもらったんだよね」

「そうだったの？」

「あの人、競艇で借金作ってたのよ。といっても、そんなに大きな金額ではなかったんだけど、それでもすぐには返せない額だったから、困ったときの神頼みで豊川稲荷さんに行ったの。あ、神頼みじゃなくてダキニ天さん頼りだけど。娘たちもまだ小さかったから、必死で手を合わせたわよ」

初耳だ。離婚の原因は経済的なことと聞いてはいたが、ギャンブルだったのか。

「そしたらさ、お参りに行ってから一週間以内にお金がそろって全部返せたの」

「すごい！」

「元夫のご両親が半分くらい負担してくれて、あとは、元夫が友達に貸していたお金が、ちょうど返ってきたの」

「えっ、人に貸してたの？」

「そうなの。何人かに貸してたみたいで、いちばん多く貸してた人から戻ってきたのよ。その人、競馬で大穴当てたんだって」

なんだかすごい。ドラマのような話じゃないか。

「あとはほら、わたしのロトの三十万もプラスしてちょうどぴったりよ」

ははーっ。姉にそんな過去があったとは驚きだ。

「そういうあれこれで離婚したんだよね。お母さんに言うと大変なことになるから、黙ってたけど」

「そうだったのかあ」

まさか豊川駅の近くで、姉の離婚理由を聞くことになるとは思わなかった。人の一生は重荷を負うて遠き道を行くがごとし。と言ったのは、家康だったか。

人生というのは、案外おもしろいものだと早智子は思った。二十代の頃の自分と、今の自分はまるで違う人のように思えるけど、過去があって今があるんだなあと、つかの間しみじみする。

「ところで。ねえ、お姉ちゃん」

「うん？」

「明人さ、第一希望の公立に落ちたじゃん？」

早智子は気になっていたことを聞いてみた。姉が神妙な顔でうなずく。

「北野天満宮に行ったでしょ？　菅原道真さんにお願いしたじゃん？」

「うん」

「でも落ちた」

私立のお金がどうこうよりも、第一志望が不合格だった明人が不憫で、ひそかにずっと気になっていたのだった。もちろん、川丘を選ばなかったことには大感謝で、そこのところは心からお礼を言いたい。

「だってさっちゃん、なんてお願いした？　澤西高校に合格しますように、ってお願いしたの？」

「……そうは言わなかったけど」

「なんてお願いしたか覚えてる？」

「日々たのしく前向きに過ごせる高校に進学できますように、って」

「ほら。それが、湘蘭高校だったのよ」

「まあね……。でも、明人が澤西を選んだんだから、そこが合ってたんだと思うんだけど」

「違う」

きっぱりと姉が首を振る。

「行きたい高校と、日々たのしく前向きに過ごせる高校は違うってことだよ。明人には、澤西よりも湘蘭が合ってたんだと思う。北野天満宮の道真公は、それがわかってるから、明人を湘蘭に行かせたのよ」

ううーん、と早智子は頭をひねる。そうなのだろうか。どうしても、後付けのような気がしてしまう。

「ほら、美玖だってそうだったじゃない。模試でA判定だった第一志望の大学に落ちて、結局、地方の大学に行くことになったでしょ。だけど、そこで出会った人たちの縁で、地域活性の仕事に興味を持って、結局その仕事に就いたじゃない。今じゃ、天職だって言ってるわよ」

「そうだけどさ……」

姪（めい）の美玖が、大学に落ちたときのことはよく覚えている。大変な落ち込みようだった。姉が浪人は許さないということで、美玖はすべり止めで引っかかった地方の大学の地域生活創生コースという学部に進学した。

「美玖の第一志望の大学は英文科だったんだよ。そこに行ってたら、今の美玖はいないと思う」

確かに今の美玖は生き生きしている。仕事がたのしくて仕方ないらしく、ばりばり働いて順調にキャリアも積んでいる。

でも、でも！　英文科に進んでいたら、もしかしたらハリウッドスターの通訳や、有名小説の翻訳家になっていたかもしれないじゃないか。そういう可能性だってあったはずだ。早智子はそんなふうに考えて、やはりどうしても後付けのように思ってしまう。

「わたしは神仏の采配（さいはい）だと思うんだよね。だって美玖の受験のとき、わたし、太宰府天満宮までお参りに行ったんだもの。美玖の将来が拓（ひら）ける大学に進学できますように、ってお願いしてきたよ。長い時間手を合わせて、いろいろお話しして、美玖のこれからの道が明るく拓けるように、ってね。だから、絶対に道真公が道を示してくれたんだと思う。当時は落ち込んでたけど、今となっては、美玖も第一志望の大学に行かなくてよかったたって、言ってるよ」

「……うん」

そうかもしれない。姉の言う通りなのかもしれない。でも、それでも早智子は、明人が第一志望の高校を落ちてしまったことが、ただただ残念なのだった。明人がかわいそうで、澤西合格させてやりたかったと、それだけを思ってしまう。目先のことしか考えられない、ザ・親バカなのである。

「神仏は間違えないわよ。明人の高校生活たのしみにしてて」

姉が自信たっぷりに言った。

豊橋駅の構内で、「大あんまき」なるものを売っていた。姉は以前も買ったようで「めちゃうまだよ」と教えてくれたので、お土産に買うことにした。

姉はビールを、早智子はお茶を買って、新幹線に乗り込んだ。新幹線が動き出したとたん、姉がプシュッとタブを開ける。

「いやー、ビールって春でも冬でもいつでもおいしいねえ。さっ、おいなりさん食べよ」

豊川稲荷の門前通りで買ったおいなりさん。五目とふつうの酢飯の二種類。お腹もようやく空いてきた。ひさしぶりのおいなりさんにテンションがあがる。小ぶりの、油揚げの上部が開いているタイプだ。

そういえば、これまで、おいなりさんを家で作ったことがなかったとふと思う。たいていは、スーパーのパック入りを買ってくるばかりだ。昔は、母が作ってくれたなあと、子どもの頃を思い出す。母の作る、あまじょっぱく煮含めた油揚げが大好きだった。

まずは、ふつうの酢飯のほうから。

「うんっ、おいしい！」

「ご飯のほどよい固さがいいね。粒が立ってる」

「一粒一粒をしっかり味わって食べるって感じ。油揚げが甘くてジョワー」

「しゅんでる、しゅんでる」

いきなり関西弁を繰り出した姉だけど、この油揚げには「しゅんでる」という言葉が合う。ビールにうってつけ、と姉が言うが、緑茶にもばっちり合う。

次は五目いなり。にんじん、ひじき、れんこんが入っている。

「れんこんがシャキシャキ！」

「これは栄養満点だね。意外とサッパリ。おいしいわあ」

二人でパクつき、あっという間に食べ終わる。

「もっと買えばよかった……」

姉が名残惜しそうに箱を片付ける。早智子もまだもう少し食べたかった。おいなりさんは、いうなればご飯だ。早智子はご飯よりおかず派だが、ご飯をこんなふうに物足りなく感じることなんて、これまでなかった。

それに、よくよく考えてみると、「さん」付けというのもすごい。これまで、「いなり」と呼び捨てにしたことはなかった。「いなり」に「お」と「さん」まで付けるのだ。

「大あんまきも、食べちゃおうっと」

豊橋駅で買った大あんまきを、姉がむんずとつかんで頬張る。大あんまきは、どら焼きのような生地であんを包んでいるお菓子だ。あんの種類がいくつかあって、姉が今食べているのはあずき。

「やさしい甘さ！　おいしいよう」

今にも泣き出さんばかりの喜びようだ。

「さっちゃんも、ひと口どう？」

「遠慮しとく」

家に帰ってから、みんなで食べようと心づもりする。

車窓から見える空は、まだ明るさを残していた。陽が長くなったものだと、改めて思う。今年もまた新しい春がやってくるのだ。息子たちも高校生になる。流れていく藍色(あいいろ)とオレンジ色のグラデーションの夕暮れの空を見ながら、少しだけ感傷的な気分になった。

大あんまきは好評だった。カスタードと白あんと抹茶とチーズの四つ。カスタードとチーズは、あずきが半ぶん入っている。

それぞれ小さく四等分に切ってテーブルに出したら、瞬く間に子どもたちが食べてしまった。早智子はカスタードを一切れ食べただけだった。

「もっとないの？　あんことチーズのやつ、うめえ！」

「おれ、カスタード推し」

「明人！　あんた、なんで一人でカスタードを食べちゃうのよ！」

「抹茶もいけるよ」

と、今度は抹茶を口に入れる。弟たちに取られまいと、茉奈が慌てて白あんと抹茶とチーズを皿に取る。

「生地がやわらかくておいしい！　お母さん、また買ってきて」

た。

「はいはい、また行ったらね」

願いが叶(かな)って、お礼参りに行けたらいいなあと早智子は思う。

夫の分の大あんまきはなくなったので、包み紙や箱をきれいに片付けて証拠隠滅した。

慌ただしく過ごしているうちに、明人と佑人の中学校の卒業式がやって来た。茉奈の中学の卒業式用に買って、そのまま高校の入学式にも着用したグレイのパンツスーツだ。明人と佑人の入学式もこれでいいだろう。

里美ちゃんと落ち合って、保護者席に座る。夫婦で来ている人も目立つ。

卒業証書授与。早智子はスマホをズームにして、我が子たちを撮った。涙ぐんでいる人も見受けられたが、自分は大丈夫そうだと早智子は思った。感動というより、ホッとした感のほうが大きい。ようやく義務教育が終わる、という安堵(あんど)感(かん)でいっぱいだ。

最後は卒業生の合唱。明人と佑人の位置を確認して、スマホを掲げる。

ピアノの前奏が鳴る。早智子の知っている曲だった。『大切なもの』だ。

――空にひかる星を　君とかぞえた夜――

という出だしを聞いたとたん、思いがけず早智子の目から、ぶわっと涙があふれ出た。

　一年生のときの合唱コンクールで、佑人のクラスが歌った曲だった。佑人は、二十七人のクラスのなか、ただ一人、最初から最後までまったく口を開かなかった。ふてくされた表情でそっぽを向きながら、一音も発しないで終わった。

　あの日、大勢の保護者が感動しているなか、早智子は怒っていた。みんなが一生懸命歌っているのに、一人、不機嫌な顔で突っ立っている息子が情けなくて仕方なかった。

　早智子が中学生の頃は、合唱なんてカッコ悪い、歌う奴はダサい、という、おかしな風潮がまかり通っていて、やんちゃな子たちは歌わなかったものだったが、時代は変わった。

　今や、やんちゃな子たちこそが、おれについて来いとばかりに、率先して歌う時代なのだ。それなのに、一人で昭和にタイムスリップしている我が息子に、早智子は、ほとほと呆れてがっかりしたのだった。

　あのときの思いが、走馬灯のように早智子の脳裏をかけ抜けていく。今、舞台に立っている佑人は、口を大きく開けて肩を揺らしてリズムを取りながら、一生懸命に歌っている。ヤバい、泣ける。佑人の成長に涙が止まらない。

　一方の明人は、一年生の合唱コンクールのときはちゃんと歌っていたが、今は口を真一文字に結んでいる。と思ったら、そのうちに袖で目をごしごしとこすりはじめた。

泣いているのだった。

早智子の目から、涙がとめどなく流れた。受験間際にいろいろあって、第一志望校に落ちてしまった明人。親には言えない屈託があったに違いない。

泣きながら迎えた二曲目は、『夢の世界を』だった。

——ほほえみ交わして　語りあい　落ち葉を踏んで　歩いたね——

どういうわけか、早智子は自分の中学校の卒業式を思い出していた。当時はこの曲を知らなかったが、なぜか自分の十五歳の頃のことを思い出して泣くという、謎の挙動に陥った。

そして三曲目は、アンジェラ・アキの『手紙～拝啓十五の君へ』だった。

ぶわあああっ。

ダメだ。漫画のように、ダーダーと涙が流れ出る。見れば、まわりの多くの保護者も泣いていた。卒業生も泣いていた。先生たちも泣いていた。

鼻水を垂らして嗚咽(おえつ)しながら、大きな拍手で卒業生を見送った。

いい卒業式だった。明人、佑人、卒業おめでとう！　ここにいる子どもたちみんなに、幸あれ！

約束通り、さくらと美玖が、茉奈と明人と佑人を、大阪旅行に連れて行ってくれた。

子どもたちが決めた行き先のユニバーサル・スタジオは、さくらと美玖も大喜びだったと姉から聞いた。大人になっても、まだまだ若い姪たち。早智子はすっかりくたびれてしまって、テーマパークは想像するだけで充分である。

子どもたちが全員不在になるのは、茉奈が生まれてからは一度もなかった。十七年間ではじめてのことだ。

「たまには晩酌でもしますか」

早く帰宅した夫が、スーパーで買ってきたと思しきビールを掲げた。

「いいけど、なんにも作ってないよ、おつまみもおかずも」

夕食の支度はまったくしていなかった。大人しかいないのだから、いいに決まってる。

「じゃあ、どこかに食べに行こうか。飲みにいってもいいし」

たまには気が利くことを言うではないか。早智子は、いいねとうなずいた。

近所にある居酒屋さんに行くことにした。夫婦でやっている、こぢんまりした店だ。早智子は何度か里美ちゃんと来たことがあったが、夫とははじめてだった。

「カンパーイ」

昔からのならいで、つい景気よくグラスを合わせてしまう。二人とも中ジョッキを頼んだ。本来ならば、熱燗か焼酎か梅酒のお湯割りを注文するところだが、喉がひどく渇いていたのでビールが飲みたかった。ハラマキを着用してきたから大丈夫だろうと腹をさする。最近、つめたい飲み物はNGとなっている。お腹を壊すことはないが（どちらかというと便秘気味だ）、てきめんに体調不良となる。だるさ、頭痛、胃のムカつき。

「お疲れさま。子どもたちがいないと、気が休まるね」

夫が言う。なにもしていないくせによく言うわ。と、心の声だけにとどめる。

「あれ、髪の毛切った？」

「ええ、一週間前に」

十センチは切ったのだから、もっと早くに気付きそうなものだが、一週間わたしの顔を見てないってことだなと、早智子は菩薩の心で納得する。

「佑人も明人も、晴れて高校生かあ。これで少しは手が離れるね」

「いいえ、朝のお弁当が三人分になるから、めっちゃ大変です」

「私立だから学食があるんじゃないの？」

夫は明人が第一志望の澤西に落ちたときこそ怪訝な顔をしていたが、深く気にしてはいないようで、滑り止め受けておいてよかったなあと、感想はそれだけだった。

「学食ってお金かかるの知ってる？」

「でも安いんだろ」

「五百円はかかるでしょうね」

「物価高のご時世なのに、安いじゃないの」

と、ここで早智子は、本日、加味逍遙散を飲み忘れていたことに気が付いた。怒りのスイッチが入ると、加味逍遙散のことを思い浮かべる身体になっている。

焼き鳥の皮を咀嚼（そしゃく）しながら、家で調理するときは鶏の皮を避けるのに、わざわざ店で鳥皮を頼む自分の矛盾を全肯定する。

「子どもたち三人とも私立高校。学費すごいけど」

「まあまあ、いいじゃないの。縁があって通う高校なんだから」

そういう話をしてるんじゃない。もっと具体的なことになぜ考えが及ばないのか。

「お金どうする？」

早智子が聞くと、「ええっ!?」と、夫は心底驚いたように目を丸くした。

「お金ないの？」

「ないわね」

「どうするの？」

「お給料増やしてもらってよ」

「そんなの無理だよ。会社が決めるんだから」

この人は学費がいくらかかるのかも知らないし、おそらく日々の生活に、どのくらいお金が必要なのかもわかっていないだろう。お気楽なものだとため息が出るが、詳細な金額を伝えたところで、テンパるだけなのが目に見えているのでいちいち言わない。

「ねえ、もしかして、こんなところに来てる場合じゃないんじゃないの？　節約したほうが……」

自分から誘っておいてなんなんだ。そもそも、飲み代レベルの話じゃない。

「豊川稲荷でお願いしてきたから大丈夫でしょ」

面倒になって、早智子はそう返した。夫が、得意のきょとん顔で早智子を見つめる。早智子はきょとん顔に対抗するように、終始、能面顔で通した。その顔を見て、夫はなんとかなるのだろうと、勝手に結論づけたらしかった。

「中津川さんは、その後どうですか」

特に話すことがないので、早智子は共通の話題である中津川のことを振ってみた。

「えええっ⁉」

なぜそんなに驚くのか。

「どうして急に、そんなことを聞くわけ？」

「深い意味はないけど」

「ねえ、ママってさ、超能力でもあるの？　神通力っていうの？」

「なにそれ。中津川さんとなにかあったってこと？」

「いやあ、こないだ偶然駅で会ったんだよね」

偶然……。

「そしたらさ、恋人ができたらしくって自慢されちゃったよ。奥さんに迷惑かけてすみませんでした、だって。なんだかやけに、晴れ晴れした顔してたよ」

「それ、なんで言わなかったの。わたしへの伝言があったのに」

「だ、だって、またママを嫌な気分にさせちゃったら悪いじゃん」

「はあ？　わたしのせいにしないでよ」

人のせいにする奴と、マウントを取る奴と、恩着せがましい奴は、早智子がもっとも忌む人間だ。わたしの夫もそのなかに入るようだと、早智子は冷静に現実を受け止める。

「と、とにかく、中津川くんとはもう一切関係ないから、安心して」

夫ではなく、中津川とこうして飲めたら案外楽しいかも、と思ったりする。

「わたし、梅酒のお湯割り」

「おれは、もう一つ生」

お新香、刺身盛り、もつ煮、チーズつくね、ポテサラ、ネギチヂミ。おいしいつまみとアルコールがあれば、夫との飲みもまあアリだろう。後片付けしなくていいから、気持ちが軽い。

二人で好きなだけ食べて飲んで、実のないどうでもいいことをしゃべって、店をあとにした。べつになんてことない時間だったが、それを幸せというのだろうと、早智子はドラマのエピローグのように締めた。

母から連絡があったのは、子どもたちが帰ってきた翌日のことだ。旅行はものすごく楽しかったそうだ。ユニバーサル・スタジオに住みたい、と小学生のようなことを三人で言い合っていた。

「ちょっとこっち来てくれる？　渡したいものあるから」

もしもし、もナシで、いきなり用件に入る母である。はなから、早智子が断る選択肢は存在しない。

おそらく明人と佑人の高校祝いをくれるんだろうな、と予想する。改めてみんなで食事でも、と考えていたので、そのときでよかったけれど、年老いた母の気持ちに配慮して出かけて行った。

「いらっしゃい。座って」

「お父さんは？」

「散歩に行ったわ。すぐ戻ると思うけど」

父もだいぶ元気になったようでよかった。

「はい、これ」

母が封筒らしきものをよこす。お祝いだとばかり思っていたので、少し拍子抜けする。

「なにこれ」

と声に出したところで、もしかして離婚届か？　と思ってビビる。いよいよ、熟年離婚なのか？　それをなぜわたしに……？　と、ほんの数秒の間に考える。

「開けてみて」

母があごで促すので、早智子は手を伸ばして封筒の中身を取り出した。

「あっ、保険……？」

「そう、学資保険ね。二人だと大変だと思って、明人と佑人が高校生になる年に受け取れるようにしといたものよ。あなたにもサインしてもらったはずだけど、忘れてた？」

「うそっ、やだ、うれしい！　お母さん、ありがとう！　みんな私立だから、悩んでたのよ」

母が小さくうなずいて、いろいろとお金かかるわよね、と同情してくれる。サインをしたことなんて、まったく覚えていなかった。

「またみんなで集まるんでしょ。お祝いはそのときね」

と、これまたありがたい言葉をちょうだいする。保険証書を見ると、かなり大きな金額だった。

ハッ。

もしかして、これが豊川稲荷さんのご加護だろうか。そうだ、そうに違いない。豊川吒枳尼眞天さま、どうもありがとうございます！　家に帰ったら、ご祈禱(きとう)したおふだに手を合わせよう。

そのうちに父が帰ってきた。顔色もよく、足の調子もよさそうだ。

「学資保険頂きました。ありがとうございます」

かしこまって、父にも礼を言った。

「そうなの？　それはよかった。みんなお母さんがやってくれてたからね」

父は、保険をかけていたことも知らなかったらしい。でも、父が働いて稼いでくれたお金が元になっているのだから、感謝しかない。

「明人も佑人も高校生かあ。ついこの間まで赤ん坊だったってのに、あっという間だなあ。これからは、おれが二人におぶってもらうようだなあ」

「そうよ、人生なんてほんの一瞬」

母が冷静に合いの手を入れる。母も、なんとなくすっきりした顔をしていた。いろんなことが吹っ切れたのかもしれない。

帰り道、早智子は神仏のことを考えていた。母からもらった保険。さっきは確かに豊川稲荷に参ったおかげだと思った。

でも、豊川稲荷に行かなかったとしても、母は早智子に保険証書をくれたのではないだろうか。息子たちが高校生になるときにと言っていたから、最初からそのつもりだったはずだ。

「うーん、微妙だなあ」

早智子はひとりごとをつぶやいた。

「うーん、でもやっぱり、豊川稲荷にお参りに行ったからだと思うなあ。てか、思いたい」

息子たちの学資保険だったとしても、母の気が変わることだってあったかもしれない。万が一、離婚となっていたら、孫のことどころではなかっただろう。もしかしたら、この保険のこと自体、失念していた可能性だってある。早智子だって忘れていた。だからやっぱり、豊川吒枳尼眞天さんのおかげに違いないと早智子は思う。だって、そう思ったほうが、断然心が豊かになる。

神仏に願い事を叶(かな)えてもらう。

そんなことが本当にあるんだとしたら？

そんな経験をできるんだとしたら？

そんな世界があるって、知ることができたら？

それって、ものすごくすばらしいことじゃないだろうか。

だって、二つ買った狐のおみくじには、どちらにも「信心せよ」と書いてあったではないか。疑うことなかれ、信心せよ。

「ふははは」

なんだかおかしくなってきた。神仏を信じると、生きることが楽になる。神仏は間違えない、と姉は自信を持って言っていた。

買い物に寄ったスーパーで宝くじ売り場を見つけ、宝くじでも買ってみようかと思ったが、神仏を試すような気がしてやめておいた。

早智子は春の風を頬に感じながら、今年も姉と一緒にいろいろな神社仏閣に行けたらいいなと思った。そんなふうに素直に思える自分がうれしく、頼もしかった。

本書は書き下ろしです。

ご利益ごはん

椰月美智子

令和7年 2月25日　初版発行

発行者●山下直久

発行●株式会社KADOKAWA
〒102-8177　東京都千代田区富士見2-13-3
電話　0570-002-301（ナビダイヤル）

角川文庫 24529

印刷所●株式会社暁印刷
製本所●本間製本株式会社

表紙画●和田三造



●お問い合わせ
https://www.kadokawa.co.jp/（「お問い合わせ」へお進みください）
※内容によっては、お答えできない場合があります。
※サポートは日本国内のみとさせていただきます。
※Japanese text only


ISBN 978-4-04-115017-7　C0193

JASRAC 出 2408737-401

# 角川文庫発刊に際して

角川源義

第二次世界大戦の敗北は、軍事力の敗北であった以上に、私たちの若い文化力の敗退であった。私たちの文化が戦争に対して如何に無力であり、単なるあだ花に過ぎなかったかを、私たちは身を以て体験し痛感した。西洋近代文化の摂取にとって、明治以後八十年の歳月は決して短かすぎたとは言えない。にもかかわらず、近代文化の伝統を確立し、自由な批判と柔軟な良識に富む文化層として自らを形成することに私たちは失敗して来た。そしてこれは、各層への文化の普及滲透を任務とする出版人の責任でもあった。

一九四五年以来、私たちは再び振出しに戻り、第一歩から踏み出すことを余儀なくされた。これは大きな不幸ではあるが、反面、これまでの混沌・未熟・歪曲の中にあった我が国の文化に秩序と確たる基礎を齎らすためには絶好の機会でもある。角川書店は、このような祖国の文化的危機にあたり、微力をも顧みず再建の礎石たるべき抱負と決意とをもって出発したが、ここに創立以来の念願を果すべく角川文庫を発刊する。これまで刊行されたあらゆる全集叢書文庫類の長所と短所とを検討し、古今東西の不朽の典籍を、良心的編集のもとに、廉価に、そして書架にふさわしい美本として、多くのひとびとに提供しようとする。しかし私たちは徒らに百科全書的な知識のジレッタントを作ることを目的とせず、あくまで祖国の文化に秩序と再建への道を示し、この文庫を角川書店の栄ある事業として、今後永久に継続発展せしめ、学芸と教養との殿堂として大成せんことを期したい。多くの読書子の愛情ある忠言と支持とによって、この希望と抱負とを完遂せしめられんことを願う。

一九四九年五月三日

# 角川文庫ベストセラー

向日葵のある台所　秋川滝美

学芸員の麻有子は、東京の郊外で中学2年生の娘とともに暮らしていた。しかし、姉からの電話によって、その生活が崩されることに……「家族」とは何なのか、改めて考えさせられる著者渾身の衝撃作！

ひとり旅日和　秋川滝美

人見知りの日和は、仕事場でも怒られてばかり。社長から気晴らしに旅へ出ることを勧められる。最初は尻込みしていたが、先輩の後押しもあり、日帰りができる熱海へ。そこから旅の魅力にはまっていき……。

ひとり旅日和　縁結び！　秋川滝美

プライベートが充実してくると、仕事への影響も、周りの目も少しずつ変わってくる。さらに、憧れの人・蓮斗との関係にも変化が起こり……!?　今回のひとり旅の舞台は、函館、房総、大阪、出雲、姫路！

ひとり旅日和　運開き！　秋川滝美

世の中は自粛モードだけど、リフレッシュのために訪れた旅先のパワースポットで厄払い！　さらに、旅の先輩である憧れの蓮斗との関係にも変化が起こり……舞台は、宇都宮、和歌山、奥入瀬、秋田、沖縄！

おうちごはん修業中！　秋川滝美

営業一筋の和紗は仕事漬けの毎日。同期の村越と張り合い、柿本課長にひそかに片想いしながら、外食三昧の暮らしをしていると、34歳にしてメタボ予備軍に！　健康のために自炊を決意するけれど……。

# 角川文庫ベストセラー

**ミヤマ物語　第二部 結界の森へ**　あさのあつこ

牢から母を逃がし兵から追われたハギは、森の中で透流に救われる。怯えていたハギは介抱されるうちに少しずつ心を開き、自分たちの世界の話を始める。2人の少年がつむぐファンタジー大作、第二部。

**ミヤマ物語　第三部 偽りの支配者**　あさのあつこ

亡き父の故郷雲濡で、透流はもう一つの世界ウンヌから来た少年ハギと出会う。ハギとの友情をかけて、透流は謎の統治者ミドと対峙することになる。ファンタジー大作、完結編！

**敗者たちの季節**　あさのあつこ

甲子園の初出場をかけた地方大会決勝で敗れ、海藤高校野球部の夏は終わった。悔しさをかみしめる投手直登のもとに、優勝した東祥学園の甲子園出場辞退という、思わぬ報せが届く……胸を打つ青春野球小説。

**かんかん橋の向こう側**　あさのあつこ

常連客でにぎわう食堂『ののや』に、訳ありげな青年が現れる。ネットで話題になっている小説の舞台が『ののや』だというが？　小さな食堂を舞台に、精いっぱい生きる人々の絆と少女の成長を描いた作品長編。

**The MANZAI　十五歳の章 (上)(下)**　あさのあつこ

中学二年の秋、転校生の歩はクラスメートの秋本に呼び出され突然の告白を受ける。「おれとつきおうてくれ！」しかし、その意味はまったく意外なものだった。漫才コンビを組んだ2人の中学生の青春ストーリー。

# 角川文庫ベストセラー

## 散りしかたみに　近藤史恵

歌舞伎座での公演中、芝居とは無関係の部分で必ず桜の花びらが散る。誰が、何のために、どうやってこの花びらを降らせているのか？　一枚の花びらから、梨園の中で隠されてきた哀しい事実が明らかになる——。

## 桜姫　近藤史恵

十五年前、大物歌舞伎役者の跡取り息子として将来を期待されていた少年・市村音也が幼くして死亡した。音也の妹の笙子は、自分が兄を殺したのではないかという誰にも言えない疑問を抱いて成長したが……。

## ダークルーム　近藤史恵

立ちはだかる現実に絶望し、窮地に立たされた人間たちが取った異常な行動とは。日常に潜む狂気と、明かされる驚愕の真相。ベストセラー『サクリファイス』の著者が厳選して贈る、8つのミステリ集。

## さいごの毛布　近藤史恵

年老いた犬を飼い主の代わりに看取る老犬ホームに勤めることになった智美。なにやら事情がありそうなオーナーと同僚、ホームの存続を脅かす事件の数々——。愛犬の終の棲家の平穏を守ることはできるのか？

## 二人道成寺　近藤史恵

不審な火事が原因で昏睡状態となった、歌舞伎役者の妻・美咲。その背後には2人の俳優の確執と、秘められた愛憎劇が——。梨園の名探偵・今泉文吾が活躍する切ない恋愛ミステリ。

# 角川文庫ベストセラー

## 鶏小説集
坂木　司

似てるけど似てない俺たち。思春期の葛藤と成長を描く（「トリとチキン」）。人づきあいが苦手な漫画家が描く、エピソードゼロとは？（「とべ　エンド」）。肉と人生をめぐるユーモアと感動に満ちた短篇集。

## 本をめぐる物語 小説よ、永遠に
神永　学、加藤千恵、島本理生、椰月美智子、海猫沢めろん、佐藤友哉、千早　茜、藤谷　治
編／ダ・ヴィンチ編集部

人気シリーズ「心霊探偵八雲」の中学時代のエピソード「真夜中の図書館」、物語が禁止された国に生まれた子どもたちの冒険「青と赤の物語」など小説が愛おしくなる8編を収録。旬の作家による本のアンソロジー。

## キッチン常夜灯
長月天音

街の路地裏で夜から朝にかけてオープンする〝キッチン常夜灯〟。寡黙なシェフが作る一皿は、一日の疲れた心をほぐして、明日への元気をくれる――がんばりすぎのあなたに贈る、共感と美味しさ溢れる物語。

## アーモンド入りチョコレートのワルツ
森　絵都

十三・十四・十五歳。きらめく季節は静かに訪れ、ふいに終わる。シューマン、バッハ、サティ、三つのピアノ曲のやさしい調べにのせて、多感な少年少女の二度と戻らない「あのころ」を描く珠玉の短編集。

## つきのふね
森　絵都

親友との喧嘩や不良グループとの確執。中学二年のさくらの毎日は憂鬱。ある日人類を救う宇宙船を開発中の不思議な男性、智さんと出会い事件に巻き込まれる。揺れる少女の想いを描く、直球青春ストーリー！

# 角川文庫ベストセラー

DIVE!!(ダイブ)(上)(下)　森　絵都

いつかパラソルの下で　森　絵都

リズム　森　絵都

ゴールド・フィッシュ　森　絵都

宇宙のみなしご　森　絵都

高さ10メートルから時速60キロで飛び込み、技の正確さと美しさを競うダイビング。赤字経営のクラブ存続の条件はなんとオリンピック出場だった。少年たちの長く熱い夏が始まる。小学館児童出版文化賞受賞作。

厳格な父の教育に嫌気がさし、成人を機に家を飛び出していた柏原野々。その父も亡くなり、四十九日の法要を迎えようとしていたころ、生前の父と関係があったという女性から連絡が入り……。

中学一年生のさゆきは、近所に住んでいるいとこの真ちゃんが小さい頃から大好きだった。ある日、さゆきは真ちゃんの両親が離婚するかもしれないという話を聞き……講談社児童文学新人賞受賞のデビュー作！

みんな、どうしてそんな簡単に夢を捨てられるのだろう？　中学三年生になったさゆきは、ロックバンドの夢を追いかけていたはずの真ちゃんに会いに行くが……『リズム』の2年後を描いた、初期代表作。

真夜中の屋根のぼりは、陽子・リン姉弟のとっておきの秘密の遊びだった。不登校の陽子と誰にでも優しいリン。やがて、仲良しグループから外された少女、パソコンオタクの少年が加わり……。